KB004838

나의 작은 브루클린

나의 작은 브루클린

정재은 지음

사소한 변화로 아름다운 일상을
가꾸는 삶의 지혜

앨리스

매일매일 설레는 브루클린,
나는 브루클린에 사는 정재은입니다

평생을 한국에서 살아 온 정재은이 평생을 미국에서 살아 온 마이클 맥닐을 만나 결혼했다. 서로의 문화적인 차이에서 시작된 알 듯 말 듯한 오묘한 끌림이 믿음으로 이어졌고 그 믿음이 그를 따라 미국으로 이민 올 수 있는 용기의 바탕이 되었다. 삼청각에서 결혼식을 올리고 인디애나에서 웨딩 리셉션을 하고 시카고에 잠깐 살다 브루클린에 두 사람의 둥지를 틀었다.

미국에 온 후에 한국에서 베이킹 책 한 권을 출간했고, 많은 시간과 노력을 들인 책 작업을 다 끝내고서 잠깐의 여유를 가진 후 운 좋게도 브루클린 미술관에서 일하게 되었다. 수도 없이 상상해 왔던 도시에 살며 이 도시의 시립 미술관에서 일하게 되다니, 나와 브루클린 사이에 일종의 운명 같은 게 있지 않았을까 싶을 정도였다.

점잖고 아름답지만 나와는 잘 맞지 않았던 시카고에서, 시카고처럼 깔끔하게 정돈된 도시는 아니지만 자유롭고 창조적인 기운으로 가득 찬 브루클린으로 옮겨 온 후 나는 제 물 만난 고기처럼 다양한 경험을 하며 순간순간을 즐기며 살고 있다. 마치 현재의 삶이 내 인생의 절정인 것처럼. 오래전부터 동경해 왔던 도시에 살고 있다는 행복감이 매일 아침 대문을 힘차게 열 때마다 만나는 오밀조밀한 풍경으로 일깨워진다.

어렸을 적 친했던 친구가 한 달간 맨해튼과 브루클린에 놀러 왔다가 떠나며, 여기는 주변에 즐길 거리가 널려 있어 엄청난 액수의 연봉을 받아야만 행복하게 살 수 있을 것 같다고 했다. 그 이야기를 들으며 나는 고개를 갸우뚱했다. 따로 돈 들이지 않고도 보고 듣고 느낄 '거리'가 무한한 곳이 바로 이곳 브루클린이니까. 그래서 특별한 도시니까.

주변을 둘러보면 여기에 사는 사람들 대부분은 매 순간 움직이고 있는 이 특별한 도시가 주는 문화적인 혜택을 즐기느라 바쁘다. 다들 1분 1초를 아껴 가며 치열하게 살고, 남는 시간을 부지런히 활용해 생산적인 삶을 산다. 직장과 집만 오가며 매일 똑같은 삶을 살기보다 퇴근 후에는 자신만을 위한 무언가를 하고 있는 그들을 보면서 나도 더 부지런하게 움직여야겠다는 자극을 받게 된다.

봄기운이 물씬 느껴지는 저녁, 브루클린 브리지를 건너면 바로 나오는 브루클린 하이츠에서 눈부시게 반짝거리는 맨해튼의 야경을 보며 생각한다. 여백 없이 빽빽이 들어선 빌딩들이 내뿜는 반짝이는 불빛으로 가득 찬 맨해튼에 속해 있는 것보다, 다리 건너 그 친근한 풍경을 넌지시 볼 수 있는 브루클린에 둥지를 틀고 있는 지금이 행복하다고. 애초에는 현실과의 타협으로 브루클린에서 살기로 한 것이지만, 그 선택은 내가 평생 한 것 중에 손꼽을 만큼 잘한 일인 것 같다.

브루클린에 살며 보고 먹고 느끼는 감정을 편한 친구에게 조근조근 수다 떠는 기분으로 이 책을 썼다. 드라마틱한 사건이나 배꼽잡고 웃을 수 있는 이야기보다는 입가에 살짝 미소가 지어지는 잔잔한 일상의 이야기다. 크고 강한 행복은 한 순간에 확 달아올랐다가 금세 식는다. 매일 똑같이 흘러가는 바쁜 일상 속에서도 여백을 찾고, 주변의 소리에 귀 기울일 수 있는 마음 한편의 여유. 나의 하루하루를 특별하게 만드는 소소한 일상의 아름다움을 내 안에서 찾고자 했다. 그런 작고 잔잔한 것들이 내가 어디에 있든 삶을 가득 차게 한다. 나의 소박한 일상이 담긴 이 책이 잔잔한 음악이 흐르는 조용한 곳에서 읽히면 좋겠다. 내 일상 속의 소소한 행복이 이 책을 읽는 독자들에게도 따뜻하게 전해질 수 있기를……

2012년 4월
봄 햇살이 따뜻한 브루클린에서
정재은

소소한 일상을 요리하다

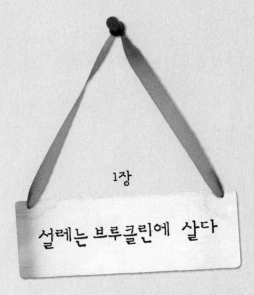

1장

설레는 브루클린에 살다

나는 브루클린에 사는 정재은입니다

그동안 마음속에 비밀스럽게 간직해 왔던 브루클린에 대한 커다란 기대감이 실제로 이곳에 살게 된 후에 물거품처럼 사라져 버릴까 봐, 마음 한구석으로는 염려를 했었다. 하지만 아직까지는 매번 새로운 모습으로 나의 호기심을 자극하는 이곳이 마냥 좋기만 하다.

우리가 흔히 '뉴욕'이라고 부르는 큰 주, 그 안에서도 맨해튼에 사는 사람을 '뉴요커'라고 부른다면, 브루클린에 사는 사람은 '브루클리나이트Brooklynite'라고 부른다. 브루클린이라는 도시의 이름에는 상징성이 있다. 캘리포니아나 플로리다처럼 사계절 내내 온화한 기후가 특징이라든가, 세계적으로 내로라하는 명소가 있는 것은 아니다. 맨해튼에서 다리 하나만 건너면 있는 이 도시에는, 이곳에 살고 있는 예술적인 사람들이 만들어낸, 눈에 직접 보이지는 않지만 감수성을 자극하는 창조적인 기운이 있다.

맨해튼에서 전철을 타고 브루클린 브리지를 건너 처음으로 브루클린에 왔을 때 뭐라고 설명할 수 없는 묘하고 신비로운 분위기를 느꼈다. 고층 건물이 빽빽하게 늘어서 있는 맨해튼과 달리 숨이 확 트이고 시야에 여백이 많아지는 곳, 적당히 붐비지만 또 적당히 여유가 느껴지는 이곳은 마냥 한가로운 다른 도시와는 확연히 달랐다. 길에서 다른 사람과 어깨를 부딪히며 다녀야 하는 번잡함도 싫지만, 그렇다고 길에 지나다니는 사람 하나 없어 활기찬 에너지를 느낄 수 없는 건 더 싫다. 나이가 인생에서 역할을 규정하는 건 아니지만, 가장 활발하게 머리와 몸의 안테나를 움직여야 할 시기에 조용하고 정지된 곳에서 여유만 찾으며 살고 싶지는 않다. 그건 나이가 많이 들었을 때 충분히 할 수 있으니까. 이런 나의 취향과 적절하게 타협하고 균형을 맞출 수 있는 곳이 바로 브루클린이다.

내가 브루클린에 무한한 애정을 갖게 된 건 첫 방문 때 마음을 빼앗겼던, 역사가 고스란히 느껴지는 낮고 웅장한 브라운 스톤 주택들

이나 아기자기하고 특색 있는 레스토랑 때문만은 아니다. 이곳의 진짜 매력은 눈에 보이지 않아도 꿈틀대고 있는 예술적인 에너지에 있다. 도시 전체에 걸쳐 있는 이 강렬한 기운은 이곳을 단 며칠만 돌아다녀도 느낄 수 있다. 여기에 살기 전부터 마음속에 품어 온 브루클린에 대한 환상 또한 이곳 사람들로 인해 시작되었던 것 같다. 한국에 있을 때 이미 눈에 띄는 작업을 하는 아티스트나 디자이너 소개 글에는 항상 '브루클린에서 활동하는'이라는 수식어가 따라 다닌다는 사실을 발견했다. 뿐만 아니라 다른 곳에서는 보기 힘든 독특한 핸드메이드 제품을 파는 가게도 늘 브루클린의 어딘가에 위치해 있었고, 눈이 저절로 동그랗게 떠지는 기발한 프로젝트들이 진행되는 곳 또한 어김없이 브루클린이었다. 바로 그때부터, 브루클린에 가보지도 못했을 뿐만 아니라 그 어떤 개인적인 선호나 편견이 전혀 없던 그때부터, 브루클린이라는 미지의 세계에 대해 막연한 환상을 품기 시작했던 것이다.

할리우드 블록버스터 영화보다는 소소한 독립영화를 좋아하는 나에게 브루클린은 도시 그 자체가 독립영화처럼 느껴진다. 이곳에 사는 사람들은 브루클린에 대한 애정도 크지만, 브루클린에 산다는 자부심은 더 대단해 'Brooklyn'이라고 프린트 된 다양한 형태의 티셔츠나 캔버스 백은 물론, 와인 주머니나 각종 카드 등을 어디에서나 만날 수 있다. 그렇다고 우리가 흔히 생각하는 관광객이나 살 법한 조악하고 촌스러운 홍보물은 절대 아니다. 잘 디자인된 물건에 브루클린이라는 단어가 조화롭게 어우러져, 그것이 뉴욕 주 한 부분에 자리 잡은 하나의 도시의 이름이 아니라, 마치 새롭게 만들어진 모종의 집단을 의미하는 듯한 뉘앙스마저 느껴질 정도다.

이곳에 사는 사람들은 서로 예술적인 영감을 주고받다 보니 유대감도 깊어 동네 별로 기발한 행사들도 많이 벌어진다. 이러한 활동들이 모여 브루클린을 더 가치 있고 특별하게 만드는 것 같다.

기대가 크면 그만큼 실망도 크다고 하지 않던가? 그동안 마음속에 비밀스럽게 간직해 왔던 브루클린에 대한 커다란 기대감이 실제로 이곳에 살게 된 후에 물거품처럼 사라져 버릴까 봐, 마음 한구석으로는 염려를 했었다. 하지만 아직까지는 매번 새로운 모습으로 나의 호기심을 자극하는 이곳이 마냥 좋기만 하다. 하루하루 지날수록 더 커지고 있는 브루클린에 대한 나의 일방적인 애정이 언제까지 깊어지기만 할지는 모르겠다. 하지만 아마도 나는 오랫동안 브루클린을 떠나지 않을 것 같다.

매일매일이 설레는,
브루클린의 다양한 프로젝트

브루클린 다이어리

http://www.linesandshapesconnectus.com/book_brooklyn.html

2011년 초 『브루클린 다이어리』라는 책이 나왔다. 브루클린에서 작업실을 운영하며 독립적으로 활동하는 디자이너, 레나 코원이 기획한 이 얇은 책에서는 브루클린에 대한 그녀의 애정이 깊게 묻어난다. (사실 내가 몇 년 전부터 브루클린에 대한 환상을 품게 된 계기 중의 하나가 바로 레나의 블로그를 통해 엿보이는 브루클린의 특별한 분위기였는데, 이곳으로 이사하고 보니 그녀는 우리 집에서 바로 두 블록 아래에서 살고 있었다.) 이 책은 다섯 개의 장(Walk. Shop. Eat. Home. Studio)으로 나뉘어 있는데 브루클린에 거주하는 여러 아티스트, 디자이너에게서 추천 받은 곳을 소개한다. 관광 책에 실려 있는 빤한 정보가 아니라, 브루클린에 사는 사람들이 직접 보여주는 숨겨진 도시의 모습을 쭉 보다 보면, 걷고 쇼핑하고 먹고 살고 일하기에 브루클린만큼 좋은 도시가 또 있을까 싶다.

더 메이커스 프로젝트

http://www.themakersproject.com

핸드메이드라는 단어만 들어도 마음이 설레는 나는 정기적으로 업데이트 되는 이 웹사이트 '더 메이커스 프로젝트'를 보며 여러 번 마음이 콩닥콩닥 뛰었다. 이 웹사이트에는 제니퍼 코지라는 사진작가가 소개하는 브루클린에 사는 장인들의 인터뷰가 올라와 있다. 분야도 다양해 베이커, 도예가, 초콜릿 메이커, 플로리스트, 섬유미술가, 바리스타 등 흥미로운 직업을 가진 그들의 스튜디오를 엿보는 것만으로도 꽤 재미있다. 제니퍼 코지의 입이 떡 벌어질 만큼 생생한 사진들도 그렇고, 새로움을 창조해내는 장인들의 인터뷰를 읽다 보면 나 스스로도 많은 영감을 받게 된다. 웹사이트의 'about page' 메뉴를 보면 제니퍼는 '에너지와 창조적인 영혼이 가득한 브루클린에서 살고 있다는 건 행운이다'라고 쓰고 있다. 그녀의 중독성 강한 '더 메이커 프로젝트' 웹사이트에 한번 발을 들여놓으면 '브루클린'이라는 이름이 왜 그토록 특별한지 알게 될 것이다.

브루클린 벼룩시장
http://www.brooklynflea.com

이미 관광객들에게도 유명해진 브루클린 벼룩시장은 매주 토요일 우리 동네, 포트 그린에서 열린다. 다양한 중고 제품이나 앤티크를 파는 이곳은 매주 토요일이면 그 주변까지 붐빌 정도로 인기 만점으로, 눈요기만 해도 충분히 즐겁다. 쓰다 버릴 만한 물건들이 새단장하고 또 다른 주인을 기다리는 이곳에서 뭐니 뭐니 해도 빼놓을 수 없는 건 먹을거리다. 베이커리나 쿠키숍을 비롯해, 여러 종류의 길거리 음식들을 팔고 있다. 집과 가깝다는 핑계로 우리 부부는 토요일 오전 붐비기 시작하기 전에 가서 눈동자를 반짝이며 이것저것 구경하다가 출출한 배를 채울 겸 간단하게 길거리 음식을 사 먹곤 한다. 야외 시장을 거닐다가 먹는 길거리 음식, 이런 게 바로 삶의 소소한 즐거움 아니겠는가.

레니게이드 크래프트 페어
http://www.renegadecraft.com

미국의 브루클린, 시카고, 샌프
란시스코, 로스엔젤레스를 비
롯해, 영국 런던까지 뻗어나
간 레니게이드 크래프트 페어
(Renegade Craft Fair). 예술과
핸드메이드 그리고 여행을 사
랑하는 한 커플이 처음 시작한
이 페어는 매해 규모가 커져 이

제는 각 도시에서 유명 행사가 되었다. 시카고에서 열린 레니게이드 크래프트 페어
는 한겨울에 열려 온몸을 무장하고 다녀온 기억이 있는데(물론 페어는 실내에서 열렸
지만), 브루클린 레니게이드 크래프트 페어는 6월 중순 야외에서 열려 가벼운 옷차
림으로 상쾌한 공기를 마시며 야외 시장 구석구석을 돌아볼 수 있어 좋다. 이곳에
있는 모든 인디 핸드메이드 숍들은 각각의 매력을 가지고 있다. 공장에서 찍어내는
제품들에 비하면 완성도가 떨어져 보일 수도 있지만 만든 이의 정성이 담겨 있고,
거기에 세상에 단 하나뿐인 물건이라는 특별함이 더해진다. 거창한 쇼핑을 하지 않
더라도 페어를 쭉 둘러보고 나면 나도 모르는 사이에 창의적인 기운을 받아 새로
운 아이디어로 머릿속이 꽉 찬 상태로 집에 돌아오게 된다.

내가 가진 특별함

미국에서 살게 된 이후, 한국에서 태어나고 자란 것이 내 정체성을 형성한 무기라는 것을 새삼 깨달았다. 영어를 쓰며 미국 문화에 둘러싸여 살고 있지만 결국 나는 토종 한국인이니까.

about the community's character and the neighborhood's infrastructure: that it was already impossible to get a seat on the L train, that 40-story buildings would be out of context with the surrounding architecture.

In what barely seems like an actual compromise, CPC Resources agreed to shorten their planned 40-story towers to 34 stories: The resulting towers will just be thicker, so the project's density remains

The New Domino Effect: it'll show residents what this kind of development really looks like, how bad it is for their communities, so that they'll rise up and stop developments of this kind from happening in the future.

▲▼▲▼

Not everyone is opposed to the Domino plan: several politicians, including the mayor, and community organizations have expressed their support. Reaction has split along racial and socio-economic

— The Chinese —
(1870)

The Jews —
(1890)

— The Italians —
(1900)

The African-
Americans
(1910)

— The Puerto Ricans —
(1945)

The Koreans —
(1965)

— The Hipster
(1995)

대학 시절 미국이나 유럽으로 여행을 갔을 때는 항상 덩치 큰 서양인들 사이에서 왜소해 보이는 동양인이라는 것이 의식되어 왠지 모르게 위축되곤 했다. 겨우 입 밖으로 나오는 영어 발음이 매끄럽지 못한 것도, 영어 문장을 완벽하게 끝내지 못하고 수줍어하는 것도 괜히 내 잘못인 양 스스로를 자책하곤 했다. 영어가 모국어가 아니니 완벽하게 할 수 없는 것이 당연한데도 나 혼자 그어놓은 선 안에서 늘 자유롭지 못했다. 한창 외모 가꾸기에 관심이 많았던 20대 초반에는 조그마한 얼굴에 이목구비가 뚜렷하고 예쁘장한 백인 여자들에 비해 넙적한 얼굴에 작은 눈, 짧은 다리를 가진 내 모습이 원망스러운 적도 많았다.

시카고에 거주할 때 만나 지금은 둘도 없는 친구가 된 제니는 항상 나에게 동양인이 가진 장점들을 강조했다. 백인의 시각에서 보는 동양인이 저렇게나 긍정적이고 우호적일 수 있구나 깨닫는 계기가 될 정도였다. 친구니까 당연히 좋은 부분을 더 많이 이야기했겠지만 제니가 누차 강조하는 이야기에 동화되어 나도 모르는 사이에 동양인으로서 자부심이 점차 강해지기 시작했다. 그녀의 이야기는 이렇다. 기본적으로 뼈대 자체가 큰 서양 여성에 비해 동양 여성은 바디라인이 가늘고 예쁘다는 둥, 강아지 털처럼 얇고 부슬부슬한 머리카락을 가진 서양 여성에 비해 동양 여성의 머릿결은 환상적이라는 둥, 주근깨 많고 건조한 피부를 가진 서양 여성에 비해 동양 여성의 피부는 도자기 표면처럼 매끈하고 선탠이 잘 된다는 것이다. 덧붙여 제니가 다니는 회사의 인사과에서는 동양인이 지원하면 조건도 안

보고 무조건 상위 후보로 올려놓을 만큼 동양인은 부지런하고 성실하기로 유명하다는 것. 비슷비슷하게 생긴 한국인들 사이에서 평생을 살아 온 나는 제니가 요목조목 집어낸 그런 면들을 으레 당연하게 여겼을 뿐 특별히 가치 있다고 생각해본 적이 없었다. 그래서 제니가 주기적으로 푸념하듯이 늘어놓는 이런 레퍼토리를 들을 때마다 자연스럽게 한국인으로서 나의 정체성에 대해 생각해보게 되었다. 그리고 점점 그들과 다른 바로 그런 점들이 나를 특별하게 **만든**다는 것을 깨닫기 시작했다.

한국에서 쭉 살아온 내가 미국인과 결혼해 미국에서 살게 되면서 문화적으로 다른 점들이 더 뚜렷하게 보이기 시작했다. 여행을 다니거나 영화를 보며 느꼈던 동양인과 서양인의 문화 차이 정도가 아니라, 다른 문화와 환경에 흡수되어 살면서 몸소 차이를 겪다 보니 가끔은 깜짝 놀랄 만큼 보는 시각이 다를 때도 있다. 새로운 것에 호기심이 유독 많은 나에게 이건 또 하나의 흥미로운 주제가 아닐 수 없다.

셀 수 없이 다양한 인종들이 살고 있는 이곳 뉴욕에서는 "어느 나라에서 왔니?"라는 질문이 의미가 없을 것 같다. 뉴욕이라는 새로운 울타리 안에 가지각색의 사람들이 오밀조밀 모여 있으니 말이다. 집 밖에만 나가도 토종 미국인, 프랑스인, 자메이카인, 폴란드인, 중국인 모두와 친구가 될 수 있는 이곳에 살고 있다는 것이 내가 문화적으로 성숙해질 수 있는 기회가 되기도 한다. 나와 다른 사람을 색안경을 쓰고 보지 않고, 이해의 범위를 넘어 '다름'을 인정하고

그걸 인생의 한 단면으로 받아들이려고 노력하고 있다. '다양함'을 바라보고 받아들이는 내 시각이 많이 넓어졌고 적응이 되었다고 스스로 격려하면서 말이다(여전히 덩치 큰 흑인들이 많이 모여 있는 곳에 가면 약간 움츠러드는 것도 사실이지만). 한 인종 안에서 평생을 살아온 나는 '다양함'을 대표하는 뉴욕이라는 도시에서 다른 문화를 적극적으로 받아들이는 데 시간이 좀 더 필요한 것 같다.

타 문화를 자연스럽게 흡수하려면 어떤 집단에 속해서 사람들과 함께 일하며 경험을 해야 한다는 게 나의 지론이었는데 어느 순간 나에게 마법 같은 일이 벌어졌다. 새롭게 시작된 봄과 함께 브루클린 미술관에서 디자이너로 일하게 되는 행운이 찾아온 것이다. 미국에서의 학력과 사회 경험이 전무한 나에게 기적 같은 기회가 주어졌다. 두근두근 떨리는 마음을 단단히 붙들어 매고 첫 출근한 날, 처음으로 부딪힌 장벽은 '재은 정Jae-eun Chung'이라는 내 이름이었다. 건물 안이나 엘리베이터 안에서 마주치는 사람들마다 "안녕, 나는 ○○팀의 멜리사야. 넌 이름이 뭐니?"라고 묻고, 나는 "난 디자인 팀에서 새로 일하게 된 재은 정이야"라고 대답한다. 순간 그들의 얼굴에는 혼란스러운 표정이 스치고는 "미안하지만 이름이 뭐라고?" 하고 되묻는다. '은' 발음에 익숙하지 않은 미국인들은 아이디 카드에 인쇄된 내 이름 철자를 읽으면서도 어떻게 발음해야 할지 모른다. 영어에는 '은' 음절을 설명할 만한 발음 기호가 없다. 예의 바른 그들이 내 이름을 잘못 발음해서 혹시라도 내 기분이 상할까 봐 쩔쩔 매는 게 눈에 보여 내가 더 미안할 정도이다. 사실 이미 남편 마이클의 가족과 친구들로 인해 이 상황이 익숙한 나는 다시 한 번 정확하게 내 이름을 발음해준다. 이번에는 약간의 영어 억양을 섞어서 부드럽게. 그리하여 내 이름은 사람에 따라 '재융'에서 시작해 '재엉'으로 다양하게 불리기 시작했다.

첫 출근한 날 집에 와서는 마이클을 붙들고 정체 모를 발음이 된 내 이름을 갖고 신세 한탄을 하기에 이르렀다. 사실 마이클의 부모님을 처음 뵌 후 두 분 모두 내 이름을 부르는 걸 힘들어 하셔서 영어 이름을 만들어두긴 했었다. 한글 이름과 비슷하면서도 다른, 빤한 미국식 이름이 아닌 '제닌Jenine'이라는 이름을. 그래서 시부모님을 비롯한 대부분의 미국인 친구들은 쉽고 편하게 부를 수 있는 제닌이라는 이름으로 날 불러왔다. 하지만 이렇게 불평하면서도 제닌이라는 부르기 쉬운 영어 이름을 회사 사람들에게 공개하지 않기로 마음을 먹은 것은 공식적인 자리에서는 제닌이라는 이국적인 이름보다 3음절의 한국 이름으로 불리고 싶기 때문이다.

한국인임을 유별나게 자랑스러워 하는 애국자는 아니지만 미국에서 살게 된 이후, 한국에서 태어나고 자란 것이 내 정체성을 형성한 무기라는 것을 새삼 깨달았다. 영어를 쓰며 미국 문화에 둘러싸여 살고 있지만 결국 나는 토종 한국인이니까. 그래서 이제는 예전과는 달리 백인들에 비해 새까맣고 두꺼운 머리카락과 노란빛이 도는 피부, 납작한 내 이목구비가 좋다. 백인들 사이에 끼어 있으면 단번에 눈에 띄는 내 외모가 나를 특별하게 만든다. 누가 봐도 내가 한국인임을 빤히 알아차릴 내 이름 석 자도. 이곳에서 내가 가진 특별

함은 겉으로 드러나는 내 모습과 내면 깊숙이 자리 잡은 내 문화에
대한 정체성에서 시작된다.

주말에는 바빠요

뉴욕으로 온 후 가장 달라진 점이라면 주말에 발등에 불이 날 만큼 바쁘다는 것
이다. 한겨울을 제외하고 끊임없이 벌어지는 개성 있는 야외 축제나 행사 들을
찾아 다니느라 5월 말에 난 이미 바닷가에서 선탠 하고 온 사람처럼 새까매졌다.

시카고에서 살다가 뉴욕으로 이사한 후 가장 그리운 것은 한여름 밀레니엄 파크에서 벌어지는 야외 공연이다. 이곳에서는 슬슬 해가 지기 시작하고 선선해질 때쯤 얇은 담요 하나 들고 나가 잔디밭에 앉아 있으면 좋은 음악을 공짜로 들을 수 있다. 여름밤 잔디밭 위에서 맥주 한 잔 마시며 귀가 즐거워지는 음악을 듣다 보면 이거야 말로 신선놀음이지 싶다. 야외 공연임에도 불구하고 음향 시스템이 완벽해 마치 콘서트홀 안에서 음악을 듣는 듯한 기분이 들 정도다. 바람의 도시 시카고의 시원하고 낭만적인 여름밤 그리고 그 순간들.

적당히 붐비지만 또 적당히 여유로운 시카고의 분위기를 맨해튼 한복판에서 느끼기는 힘들다. 아무래도 인구밀도가 훨씬 높고 사시사철 어디를 가나 놀랄 정도로 관광객이 많으니까. 하지만 그게 뉴욕이고, 뉴욕이 가진 만 가지 매력 중 하나이기에 기꺼이 받아들일 수 있다. 뉴욕으로 온 후 가장 달라진 점이라면 주말에 발등에 불이 날 만큼 바쁘다는 것이다. 한겨울을 제외하고 끊임없이 벌어지는 개성 있는 야외 축제나 행사 들을 찾아 다니느라 5월 말에 난 이미 바닷가에서 선탠 하고 온 사람처럼 새까매졌다.

봄기운이 조금씩 느껴지기 시작할 때쯤 마이클이 꼭 가고 싶은 행사를 발견했다고 했다. 짤막한 문구 안에서 겨우 추리할 수 있었던 것은 '바비큐와 칠리 경연대회'라는 것. 인터넷 검색도 해봤지만 똑같은 내용밖에 없어서 당최 누가 이 대회에 참여하는 건지, 우리가 거기에 가서 뭘 할 수 있는 건지, 대회의 규모는 어느 정도나 되는 건지 전혀 단서를 찾을 수 없어 호기심만 커져 갔다. 사실 바비큐와 칠리, 이 두 가지 음식 모두 내 입맛을 강하게 유혹하는 요리는 아니라서 이 행사에 꼭 가고 싶은 마음도, 별다른 기대도 없었다. 하지만 서울에서 잠깐 지낼 동안에도 정통 미국식 바비큐를 오매불망 그리워했던 '바비큐 러버' 마이클을 위해 나의 토요일 하루를 반납하기로 하고 따라 나섰다.

브루클린에서도 한참 아래쪽에 위치한 생소한 동네에 도착해 위치를 탐색하고 있던 중에 후각을 강하게 자극하는 바비큐 냄새가 진동하기 시작했다. 지도를 볼 필요도 없이 그 냄새를 따라가다 보니 큰 레스토랑용 바비큐 그릴 여러 개가 설치된 한 초등학교 운동장에 도착했다. 행사 장소에 도착해 대체 어떤 행사인지 살펴보니 이름도 깜찍한 '뉴잉글랜드 바비큐 소사이어티'에서 주최하고, 뉴욕에 있는 소문난 바비큐 레스토랑 주방장들이 모여 각자 비장의 요리를 선보이는 경연대회였다.

초봄, 여전히 차가운 날씨에도 불구하고 주방장들은 땀을 뻘뻘 흘리며 음식을 준비하고 있었다. 주방장들은 12시부터 2시까지 30분 단위로 각기 다른 그릴 요리를 준비해야 한다. 예를 들어 12시에는 양고기, 12시 반에는 립, 1시에는 돼지고기를 요리해 바로 심사위원들에게 가져가야 하는 식이다. 건물 내부에 자리 잡은, 족히 10명은 되어 보이는 심사위원단은 레스토랑 별로 접시를 구분해 맛을 보고 점수를 매긴다. 사실 공식적으로 우리가 음식을 맛볼 기회는 없었지만 군침을 흘리며 이곳저곳 호기심 어린 눈으로 기웃거리다 보니 친절한 주방장님들이 그릴에서 방금 구운 고기를 한 조각씩

맛볼 수 있게 해주셨다. 각 레스토랑마다 소스 맛에 큰 차이가 있었고, 완성된 요리를 보여주는 방법도 다양했다. 어떤 재료를 쓰는지, 만드는 과정부터 코앞에서 볼 수 있어 흥미로운 경험이었다.

1시가 조금 지나자 건물 내부의 한쪽에 뷔페에서 흔히 볼 수 있는 대형 용기들이 나란히 진열되고 그 앞에 번호가 붙었다. 각 레스토랑마다 개성 있는 칠리 요리를 진열된 용기에 담으면 우리 같은 일반인들이 하나하나 맛을 보고 투표하는 방식이었다. 마음 같아서야 각기 다른 맛과 질감을 가진 칠리 요리들을 몇 숟가락씩 떠먹어 보고 싶었지만 공정한 심사에 참여한다는 의미로 꾹 참고 정확히 한 스푼씩 떠먹었다. 그리고 열두 번째로 맛본 칠리 용기 앞에 놓여 있는 투표함에 'Best'라고 쓴 쪽지를 살포시 넣어두고 나왔다. 바비큐 그릴 연기가 겉옷에 배어 오는 내내 지하철 안에서 '나 바비큐 먹고 왔어요'라고 티를 냈지만, 새로운 경험을 할 수 있게 해준 마이클에게 몇 번이나 고맙다고 할 만큼 흥미로운 행사였다.

다양한 인종이 모여 사는 뉴욕에서는 다른 곳에서는 쉽게 보기 힘든 지역색을 띤 행사들을 자주 만날 수 있다. 예를 들어, 우리나라로 치면 현충일 격인 메모리얼 데이 주말 내내 우리 집 근처에 있는 브루클린 아카데미 뮤직BAM 극장에서는 떠들썩한 행사가 있었다. '댄스 아프리카'라는 이름 아래 다양한 공연이 벌어지고, 극장 주차장에는 아프리카 음식, 핸드메이드 장식품과 액세서리 등 갖가지 종류의 200개가 넘는 야외 상점이 들어섰다. 그릴에서 닭을 직접 구워 독특한 향이 나는 소스를 얹어 주는 푸짐한 닭 요리나 깔때기에 넣

은 반죽을 기름에 튀겨 내는 퍼널funnel 케이크 같은 길거리 음식은 축제에서 빠질 수 없는 먹을거리다. 거기에다 그들의 어두운 피부색에 너무나도 잘 어울리는 강렬한 색감을 가진 핸드메이드 제품들은 아프리카 문화를 엿보기에 충분했다.

누군가가 아프리카의 드럼인 젬베를 연주하며 흥을 돋우기 시작하면 사람들은 흥에 겨워 자동으로 들썩들썩 몸을 움직이고 주인, 손님 할 것 없이 모두 흥겹게 축제를 즐긴다. 축제에 온 사람들의 옷차림을 구경하는 것 또한 흥미로웠다. 뜨거운 햇빛 아래에서 눈부시게 빛나는 화려한 원색의 옷들은 마치 '축제는 지금 한창 진행 중'이라고 알리는 표지판 같았다. 아프리카계 사람들을 만나고, 아프리카 전통 악기를 만져보고, 아프리카 음식을 먹어보고……. 직접 가보지 못한 나라의 문화를 체험하기에 이보다 더 좋은 기회가 있을까.

옆으로 새는 이야기 한 가지. 이 축제에서 굉장히 인상적인 광경이 있었다. 축제를 즐기는 사람들을 위해 통제했던 큰 도로의 바리케이드가 갑자기 열렸다. 주변에 있던 안전 요원들이 모두 달려들어 한창 축제를 즐기고 있는 사람들을 구석으로 몰고 바리케이드를 하나씩 치우고 나니 소형 버스 한 대가 천천히 들어왔다. 행사에 관련된 높으신 양반이라도 되나 하고 유심히 보고 있었는데 목발을 짚은 중년 여성이 천천히 버스에서 내렸다. 장애인 한 명을 위해 그 많은 사람들이 길을 내주어야 했음에도 불구하고 불평하는 사람은 찾아볼 수가 없었다. 미국에 살면서 몸이 불편한 사람들에 대한 대중 의식에 여러 번 감동 받았지만 이런 큰 행사에서도 마찬가지라는 사실에 다시 한 번 감동했다.

시카고에서의 밀레니엄 파크 야외 공연은 지나간 추억이 되었지만 아직 경험하지 못한 뉴욕의 셀 수 없이 많은 행사들이 날 기다리고 있다. 덕분에 나의 주말은 쭉 바쁠 것 같다.

마켓 풍경

나는 싱싱해 보이는 과일이나 야채를 우선 집어 든다. 야외 시장용으로 구입한 그물 가방에 삐죽삐죽 과일과 야채를 쑤셔 담고 집에 오는 길엔 마치 무슨 대단한 일이라도 한듯 성취감이 들곤 한다.

　미국에 와서 누리고 있는 즐거움의 대부분은 대단한 이벤트가 아닌 작고 사소한 것들에서 시작된다. 가장 아이로니컬한 건 한국에 있을 때 미국에 여행을 오면 무조건 아울렛에 가서 옷이나 가방, 신발을 사는 것이 가장 큰 즐거움이었는데 정작 미국에서 살기 시작하면서는 단 한 번도 그런 곳에 간 적이 없다. 그 대신 나의 소소한 즐거움의 큰 부분을 차지하고 있는 것이 있다면 바로 야외 시장에 가는 일. 내가 주말 아침에도 부지런해질 수 밖에 없는 이유가 바로 이것이다.

　사람들로 붐비기 전의 아침 시장은 구경하기에도 좋을 뿐만 아니라, 갓 나온 싱싱한 채소와 과일을 먼저 차지할 수 있어 좋다. 철마다 다른 빛을 내는 다양한 색의 과일이나 채소를 보고 냄새 맡고 만지는 건 이상하리만큼 설레고 즐거운 일이다. 시카고에 살 때는 토요일마다 열리는 그린 시티 마켓의 베니슨 베이커리에서 파는 스콘과 브리오슈에 마음을 빼앗겨 토요일 아침 눈을 뜨자마자 그곳으로 달려가곤 했다. 사람들이 몰리기 전 상쾌한 공기를 느끼며 먹는 스콘과 커피 한 모금, 그리고 발길 따라 둘러보는 싱싱한 과일들······.

　물론 뉴욕에 와서도 나의 야외 시장 사랑은 식지 않았다. 토요일 아침이면 집 근처에서 열리는 그린 마켓에서 일주일 동안 먹을 과일을 사고, 에너지가 남아 도는 날에는 이름도 유명한 유니온 스퀘어 그린 마켓에서 서성거린다. 초여름의 시작과 동시에 윌리엄스버그에서는 토요일마다 푸드 마켓이 열리는데, 이름하여 스모거스버그 Smorgasburg. 얼굴에 선크림을 툭툭 문질러 바르고 자전거 타고 씽씽

달려 도착하면 이미 쭉 들어서 있는 다양한 품목들에 눈이 휘둥그래진다. 쭉 늘어서 있는 여러 가지 음식을 조금씩 사서 강을 사이에 두고 보이는 맨해튼을 바라보며 잔디에 앉아 먹는 브런치는 그야말로 꿀맛이다(물론 겨울에는 이 여유로움을 즐길 수 없지만).

이렇게 집에서 쉽게 갈 수 있는 거리에 여러 종류의 야외 시장들이 있으니 나의 토요일은 아침 일찍부터 분주하다. 덕분에 예전에는 금요일 밤마다 밤을 새우기 일쑤였지만, 이제는 토요일 아침의 꽉 찬 스케줄을 위해 일찍 잠자리에 드는 습관이 생겼다.

싱싱한 지역 생산물을 바로 소비자에게 판매하는 것이 야외 마켓의 가장 중요한 목적이고, 그건 곧 지역 농가의 발전에 도움이 되는 일이다. 그리고 야외 시장을 찾는 소비자 또한 그 정신을 높게 산다. 물론 싱싱한 야채나 과일에 크게 만족하는 것이 우선이지만 말이다. 야외 시장은 맨해튼이나 브루클린에서 열리지만 시장에서 판매되는 야채나 과일은 넓디 넓은 뉴욕 주 곳곳의 농장이나 밭에서 재배되는 것들이다. 야외 시장에서 판매되는 품목도 다양해 채소나 과일은 물론 달걀, 직접 만든 치즈, 다양한 종류의 빵, 홈메이드 잼이나 피클류, 기발한 재료를 넣어 직접 만든 독특한 파스타 면 등 둘러보는 것만으로도 재미있는 것들이 많다. 마이클은 마켓에 갈 때마다 애플 사이더 한 병을 집어 들고, 나는 싱싱해 보이는 과일이나 야채를 우선 집어 든다. 야외 시장용으로 구입한 그물 가방에 삐죽삐죽 과일과 야채를 쑤셔 담고 집에 오는 길엔 마치 무슨 대단한 일이라도 한듯 성취감이 들곤 한다.

　유니온 스퀘어에서 수·금·토요일마다 열리는 그린 마켓에서 오랜 시간 동안 터줏대감 역할을 해 오신 베스 할머니와 우연치 않게 친분이 생겨 짧은 인터뷰를 할 수 있었다. 병에 담긴 잼, 절인 과일이나 야채에 대해 맹목적인 환상을 가지고 있는 내게 베스 할머니의 '병' 컬렉션은 부럽고도 부러운 대상이다. 그린 마켓을 방문하는 사람의 입장이 아닌 그곳에서 판매를 하시는 분의 입장에서 이야기를 들을 수 있어 좋은 기회였다.

　베스 할머니의 '병'들은 특별하다. 조합한 재료나 향이 독특해 한 번 맛을 보면 잊을 수가 없다. 그리고 신선한 과일이나 야채로 직접 만드시기 때문에 아무리 병에 담겨 있다 해도 그 신선함을 숨길 수가 없다. 바로 이게 할머니의 병들이 특별한 이유다. 나는 이미 스트로베리-루바브 잼에 중독되어서 벌써 몇 병째 먹고 있는지 모르겠다. 친구 커플에게 선물했더니 인생에서 먹어 봤던 잼 중에서 가장 맛있었다고 기뻐할 정도였다.

INTERVIEW 그린 마켓의 터줏대감
베스 할머니

할머니가 부엌에서 직접 만드는 홈메이드 잼, 프리저브, 피클을 '제품'이라고 부르기보다는 '병'이라는 단어로 지칭하는 게 적당할 것 같아 인터뷰 내내 병이라는 단어를 사용했다. 할머니는 그린 마켓이나 스모거스버그에서 자주 뵙지만, 시장에서는 항상 바쁘시기 때문에 인터뷰는 이메일로 할 수밖에 없었다. 스페인의 작은 마을에 여름 휴가를 가 계신 동안 긴 인터뷰에 친절하게 답해 주셔서 그저 감사할 뿐.

Q. 베스 팜 키친스(Beth's Farm Kitchen's)에서 직접 만드시는 맛있는 병(잼, 프리저브, 피클)에 대해 소개해 주세요.

A. 우리는 대부분 8온스짜리 병을 만들어. 가격은 8달러로 일반 마트에서 파는 병 제품보다는 비싼 편이지. 하지만 우리 병이 특별한 건 처음부터 끝까지 다 우리가 직접 만들기 때문이지. 조리가 끝난 잼을 병에 담을 때도 우리가 손으로 직접 한다니까!

Q. 지금까지 만들어 오고 있는 많은 병들 중에서 베스 할머니에게 가장 특별한 병은 어떤 것인가요? 혹은 많은 사람들이 '베스 할머니 병' 하면 떠올릴 만한 유명한 병이 있을까요?

A. 내 병들 중에서 사람들이 오랜 시간 동안 가장 많이 찾은 잼은 바로 스트로베리-루바브 잼이야. 이 잼은 미국의 클래식 파이라고 할 수 있는 딸기-루바브 파이의 필링을 그대로 병에 옮겨놓은 듯한 맛이라고들 하더라고. 피클 중에는 브레드 앤드 버터, 딜리 빈, 워터멜론 린드 피클이 가장 잘 나가고 있어. 딜리 빈이나 워터멜론 린드는 특별하면서도 맛이 있으니 사람들이 더 많이 찾는 것 같기도 해.

Q. 잼이나 피클을 만들기 시작하신 계기가 따로 있나요? 할머니를 '병'의 세계로 인도한 특별한 경험이 있으면 알려주세요.

A. 내가 잼을 만들기 시작한 건 다른 이들처럼 가족의 일을 이어받아서는 아니었어. 그 당시 내 남편 찰리는 뉴욕 알바니에서 직장을 구했고 우리의 주말 별장이 그 주변에 있었어. 그런 상황에서 문득 떠오른 생각이 나도 그곳에서 일을 시작하면 어떨까 하는 것이었어. 나는 그전에 3년 정도 개인 고객들을 상대로 푸드 케이터링을 하면서 그린 마켓에 있는 지역 농부들에게서 과일이나 야채를 구입해왔었기 때문에 신선하고 질 좋은 재료 수급에는 자신이 있었지. 특별한 경험이 있었던 건 아니지만 그 당시 벌어진 여러 가지 상황이 내가 이 일에 용기 있게 뛰어들 수 있는 계기가 되었던 것 같아.

Q. 지난 번에도 이야기했듯이 할머니의 부엌이 어떨지 굉장히 궁금해요. 대강 어떤 모습인지 이야기해주시겠어요? (참고로 할머니의 집은 맨해튼에서 차를 타고 1시간 반쯤 떨어진 뉴욕 주 북쪽에 있다. 잼 만드는 과정을 보여주신다고 초대해 주셨는데, 주중에만 잼을 만드시니 휴가를 내지 않는 이상 할머니 댁까지 가기는 힘든 상황. 휴, 이렇게 아쉬울 수가!)

A. 우리 부엌은 굉장해. 넓은 공간에 자연광이 들어오는 두 개의 천창이 있고, 총 스물두 개의 스토브가 있어. 이 중 열네 개는 요리를 위한 것이고, 나머지 여덟 개는 병의 마지막 단계인 캐닝(Canning)을 위한 스토브야.

Q. 몇 명이 할머니의 부엌에서 함께 일하나요?

A. 우리 부엌에서는 총 여덟 명에서 열 명의 사람들이 항상 함께 일하고 있어. 대부분 여자이지.

Q. 잼이나 피클을 만드실 때 뉴욕 주 내에서 나는 과일과 야채를 쓰시나요? 그 지역에서 나는 재료를 쓰자는 것이 그린 마켓의 큰 모토이기도 하잖아요.

A. 응, 물론이지. 그게 바로 그린 마켓의 목표이고, 난 전적으로 지역에서 나는 재료를 먹는 걸 지지하거든. 게다가 요즘에는 대부분의 사람들이 지역에서 나는 싱싱한 재료를 먹길 원하잖아. 특히 뉴욕의 소비자들은 지역에서 나는 재료에 대해 더 깐깐하기도 하고. 내가 30년 전 이 일을 시작했을 때부터 넓게 분포되어 있는 뉴욕 주의 농부들과 친분이 있었고, 그 관계는 시간이 지날수록 더 단단해지고 있어서 내가 뉴욕 지역의 가장 싱싱한 과일로 잼을 만드는 사람이라고 자신할 수 있어. 내가 처음 딸기 잼을 만들었을 때는 맛있는 캘리포니아산 딸기로 잼을 만들었어. 하지만 우연한 계기로 우리 동네 주변에 있는 딸기를 가져와 만들어 보니 그 맛이 더 좋지 뭐야. 딸기를 얼려 보관하더라도 말이야.

Q. 잼이나 피클을 만드는 과정 중에 어떤 과정을 가장 즐기시는지 궁금해요.

A. 어떤 과정을 가장 좋아하느냐고? 경제적인 관점에서는 물론 파는 과정이 가장 기쁘지. (웃음) 정신적으로는 싱싱한 과일을 사서 얼리기 전에 준비하는 과정을 가장 좋아해. 우리는 항상 제철에 과일을 구입하자마자 깨끗하게 씻어 얼려놓거든.

Q. 맛있는 잼이나 피클을 만드실 때 할머니만의 비법을 살짝 공개해 주실 수 있을까요?

A. 나만의 비법이 있다면, 나는 항상 모든 잼을 적은 양으로 만들어. 한 번에 열두 병이 보통이야. 어떨 때는 조금 더 많이 만들거나 조금 적게 만들거나 하지만 큰 차이는 없어. 한번에 적은 양씩 요리해서 잼을 만들면 과일 맛이 더 싱싱하거든.

패턴에 푹 빠지다

매일 무심코 지나다니는 거리에 조금만이라도 주의를 기울여 보면 그동안 눈에 인 띄던 많은 것들을 보이기 시작한다. 이왕 지나야 하는 길이라면 무표정, 무감정으로 걸어 다니기보다는 반짝이는 눈으로 주변 풍경에 관심을 갖고 재미를 찾는 게 좋지 않을까?

버스나 지하철을 타는 것보다 걷는 게 좋은 이유는 길을 걸으며 우연히 발견할 수 있는 일상의 풍경이 무척이나 즐겁기 때문이다. 차를 타면 놓치기 쉬운 다채로운 풍경은 걷기를 통해 누릴 수 있는 큰 혜택이다. 특히 규칙적인 모양이나 색깔로 배열된 일상 속의 패턴을 발견하는 즐거움이란, 마치 내 눈으로 한 편의 그림 동화를 쓰는 것 같다.

우리는 패턴에 둘러싸여 살고 있다. 색의 배합으로 눈에 읽히는 패턴이나, 일관된 모양으로 정렬된 패턴, 의도하지 않은 자연의 모습에서도 패턴을 찾을 수 있다. 건물 담벼락을 따라 자태를 뽐내는 담쟁이 덩굴에서도, 사방으로 가로지르는 횡단보도에서도, 서점 문밖에 차곡차곡 쌓여 있는 책들에서도, 지하철 내부에 장식된 타일에서도, 나뭇잎이 땅에 떨어져 있는 모습에서도. 이 모든 것들이 내가 걷는 시간을 감칠맛 나게 만든다. 나는 걸으면서 음악을 듣는 타입은 못 되는데, 다른 이유보다 여기저기 둘러보느라 눈이 바빠서 귀가 다른 여유를 즐길 틈이 없기 때문이다.

매일 무심코 지나다니는 거리에 조금만이라도 주의를 기울여 보면 그동안 눈에 안 띄던 많은 것들을 보이기 시작한다. 이왕 지나야 하는 길이라면 무표정, 무감정으로 걸어 다니기보다는 반짝이는 눈으로 주변 풍경에 관심을 갖고 재미를 찾는 게 좋지 않을까? 아침 출근길에, 혹은 매일 지나다니는 길에서 패턴을 열 가지만 찾아보자. 작정하고 주변을 둘러보면 풍경에서 얼마나 많은 패턴이 보이는지 새삼 놀랄 것이다. 단 주의해야 할 것은, 패턴에 지나치게 집착한 나머지 시야의 범위를 모눈종이 안에 가둬버리지는 말 것. 한참 패턴 찾기에 재미를 들였던 때, 세상을 패턴이 있는 풍경과 패턴이 없는 풍경, 두 가지 이분법으로 바라보는 부작용이 내게 나타났었기 때문이다.

　아니에요…… 저는 지극히 정상적인 사람이랍니다.

깨어 있기

커피가 담긴 컵을 받아 들고 바깥 세상의 활기찬 소음을 느끼며 마시는 커피 한 모금은 내 짧은 인생을 더 생산적이고 멋지게 만들어줄 것만 같은 기분 좋은 착각에 빠져들게 한다.

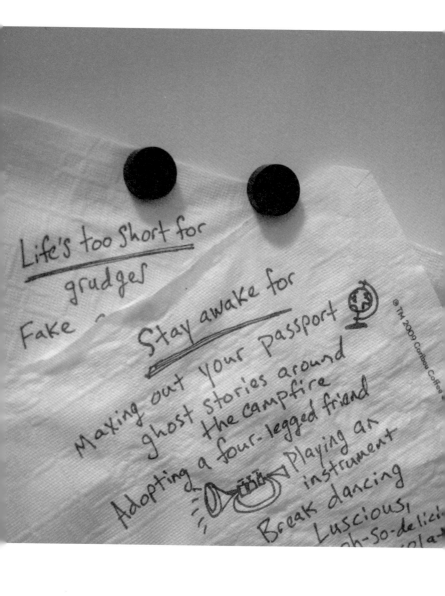

　미국 중부 지방에서 유명한 커피 체인점인 카리부 커피^{Caribou} ^{Coffee} 광고의 메인 카피는 '인생은 짧으니 깨어 있으라$^{Life\ is\ short,\ stay}$ $^{awake\ for\ it}$'이다. 그래서 이 커피숍에서 커피를 주문할 때마다 정면에 쓰여 있는 이 문장을 읽으며 '그래, 짧은 인생, 카페인 가득한 커피 한 잔 마시고 활기차게 깨어 있자'라고 나 자신을 다독이곤 한다. 커피가 담긴 컵을 받아 들고 문을 나서는 순간 바깥 세상의 활기찬 소음을 느끼며 마시는 커피 한 모금은 내 짧은 인생을 더 생산적이고 멋지게 만들어줄 것만 같은 기분 좋은 착각에 빠져들게 한다. (커피 회사의 마케팅 덫에 철저하게 걸려든 소비자의 적절한 예라는 비난을 피할 수는 없겠지만.)

　카페인에 상대적으로 강한 사람이 있고 그렇지 않은 사람이 있다고 하는데 매일 한두 잔씩 커피를 즐기는 나는 카페인에 내성을 가진 내 체질에 감사한다. 몇 년 전 전반적인 체질 개선을 위해 한의원에 다니는 동안 입에 대지 말라고 한 음식들이 몇 가지 있었는데 그중에 절대로 지킬 수 없었던 두 가지가 커피와 밀가루 음식이었다. 물론 그래서 내 체질 개선 계획은 도루묵이 되었지만. 커피를 마시게 되는 건 심리적인 요인이 적어도 70퍼센트는 차지하는 것 같다. 그래서 커피를 마시는 건 배가 고파서 본능적으로 음식을 섭취하는 것과는 달리 심리적인 자극에 의해 마시는 행위 자체에 의미가 있는 것 같다.

　막연히 떠올려 봐도 셀 수 없이 많은 커피숍들에서 마셨던 커피는 각기 다른 맛을 가지고 있었다. 커피 빈의 종류나 재배 지역, 로스팅 된 정도, 보관 기간, 그라인딩 된 입자의 크기, 커피를 내리는

방법 등 모든 과정에서의 작은 차이가 커피를 내렸을 때 큰 차이를 만든다. 세심히 다뤄야 하는 까다로운 커피에 매력을 느낄 수밖에 없는 건 아마도 그 속에 감춰져 있는 다양한 모습 때문인 것 같다.

내 몸에 잘 맞는 커피를 찾아가는 과정은 커피에 대해 자연스럽게 알아가는 과정과 같았다. 내 입맛에 꼭 맞는 커피를 내리는 커피숍을 발견하는 것도 방법이지만, 집에서 직접 만들어 마시는 커피는 무엇보다 내 기호와 자유를 우선할 수 있어 좋다. 내 경우에는 아침에 일어나 몽롱한 상태에서는 빈 속에 자극이 가지 않게 연하게 내린 드립 커피를 마시고 싶고, 온몸이 나른해지는 오후에는 달콤한 쿠키 한 조각을 곁들여 진하게 뽑은 아메리카노를 마시고 싶다. 내가 어떤 맛의 커피를 원하는지 누구보다 잘 알기에 내가 나를 위해 내리는 커피가 이 세상에서 가장 맛있는 것도 당연하다.

커피 마시는 순간을 즐기고 매일 커피 한두 잔이 내 일상의 한 부분인데, 이 정도라면 커피에 대한 어느 정도의 지식은 있어야 예의가 아닐까 싶었다. 어떻게 하면 내 입맛에 맞는 원두를 고를 수 있을까, 좋은 원두를 어떻게 보관해야 맛이 오래갈까, 원두를 갈 때 크기는 어느 정도로 하면 좋을까, 더 맛있게 핸드 드립을 하려면 어떻게 해야 할까? 수업을 듣는 것보다 혼자 공부하고 경험해 익히는 것이 나에게 더 잘 맞는 학습 방법이란 것을 너무 잘 알기 때문에 가볍게 읽을 수 있는 커피에 대한 이런저런 책을 들춰보게 되었다.

개인적으로 커피메이커로 내려 마시는 커피를 그다지 좋아하지 않아서 우리 집에는 몇 가지 핸드 드립 도구나 프렌치 프레스, 모카

포트와 결혼 선물로 받은 캡슐 에스프레소 머신까지 커피메이커를
제외한 다른 도구들이 찬장 한 구석에 줄지어 자리 잡고 있다. 그리
고 오랜 자가 실험을 통해 짙게 로스팅 된 프렌치 로스팅 원두가 내
입맛, 내가 가진 도구들과 궁합이 잘 맞는다는 것을 알게 되었다. 이
렇게 집에서 커피를 만들어 즐기다가 지루해지면 직접 로스팅 한 원
두로 커피를 내리는 커피숍을 기웃거리기도 한다. 드립 방법이 다양
해 그날 기분에 따라 다른 맛의 커피를 맛볼 수 있는 커피숍을 바로
집 근처에 둔 것은 정말 행운이다. 전문 바리스타의 핸드 드립을 기
다리는 동안 똑똑 떨어지는 물소리를 들으며 갖는 여유와 설렘은 언
제나 환영이다.

　나는 전문 바리스타가 아니기에 커피를 만드는 방법은 철저하게
각 도구의 매뉴얼을 따르지만, 커피 빈을 구입하거나 보관할 때 주
의하는 몇 가지가 있다. 조금만 신경 쓰면 집에서도 신선하고 맛있
는 커피를 즐길 수 있으니 이 정도의 관심과 희생은 기꺼이 할 수 있
다. 첫째, 갈아 둔 커피는 절대 사지 않는다. 꼭 원두를 구입해서 커
피를 마실 때마다 바로 갈아야 신선한 커피를 즐길 수 있다. 원두로
사야 하는 것은 도구에 맞게 입자 크기를 다르게 갈아야 하기 때문
이기도 하다. 가령 모카 포트로 에스프레소를 만들 때에는 커피 입
자가 아주 잘고 고와야 하고, 핸드 드립이나 프렌치 프레스 같은 경
우에는 입자가 눈에 보이게 고슬고슬해야 한다. 둘째, 커피 빈을 살
때는 로스팅 된 날짜를 확인해 가장 최근에 로스팅 된 커피 빈을 소
량 구입한다. 셋째, 개봉한 후에 커피 빈은 반드시 지퍼백에 담아 캔

에 넣어 냉동 보관한다. 커피를 냉동 보관해야 하느냐 마느냐는 여전히 논쟁거리지만, 냉장고에서 수분이 생기는 것보다는 당연히 냉동에서 건조한 상태로 보관하는 것이 좋다. 뭐니 뭐니 해도 신선한 원두를 소량만 사서 오래 보관하지 않는 게 가장 좋겠지만.

요 몇 년 사이 뉴욕을 포함해 미국 전역에 작은 커피 바가 많이 생겼다고 한다. 이탈리아의 에스프레소 바처럼 손님이 머물 수 있는 공간이라고는 커피 잔을 겨우 올려놓을 수 있는 정도의 좁은 바 형태의 카운터가 전부인 커피 바에 사람들이 몰리고 있다. 대부분의 커피 바는 질 좋은 커피를 적절한 방법으로 제공한다는 콘셉트. 바에 기대어 전문 바리스타가 정성 들여 뽑아주는 맛있고 질 좋은 커피 한 잔을 마시고 사람들은 이내 떠난다. 책 한 권 들고 가 편안한 소파에 파묻혀 몇 시간은 거뜬히 보낼 수 있는 카페의 아늑함을 사랑하는 나를 포함한 많은 사람들은 이 같은 트렌드가 그다지 반갑지만은 않다. 하지만 또 반대로 생각해 보면 좁은 공간에서 깔끔하게 단장한 바리스타가 잘 로스팅 된 신선하고 질 좋은 원두로 정성 들여 뽑아주는 커피는 깊은 커피 맛을 제대로 즐길 수 있는 기회이기도 하다. 커피 가격이 싸지 않고, 잠깐 앉아 쉴 수 있는 의자도 마땅히 없는 커피 바가 뉴욕 시티 이곳저곳에 생기고 있는 것을 보면 아마도 맛있는 커피를 갈구하는 욕망은 다른 사람들에게도 강렬한가 보다.

내 몸에 쌓이는 카페인의 양을 걱정하기보다는 맛있는 커피 한 잔을 즐기며 오늘 하루도 상쾌하게 깨어 있자. 인생은 그렇게 길지 않으니까.

숫자 놀이

숫자는 배열된 모양이나 순서에 따라 숫자 사이의 여백이 달라지기 때문에 어떤 숫자가 함께 쓰이는지에 따라 그 느낌이 확연히 다르다. 재질과 색이 제각각인 대문에 잘도 어울리게 매치되어 있는 숫자들.

조화롭게 나열되어 있는 숫자를 보면 자연스레 눈길이 간다. 타이포그래피를 공부한 탓일 수도 있지만, 나는 만국 공통어인 숫자의 다양한 형태와 조합으로 아름답게 정보를 전달하는 건 공공 디자인의 기본이라고 생각한다.

미국에 와서 어느 지역을 가도 골목골목 집집마다 번지수를 어찌나 간결하면서도 개성 있게 붙여 놓았는지 지나다니며 대문에 붙어 있는 번지수를 볼 때마다 그 다양함에 놀랄 정도다. 다양한 종류의 활자는 각기 다른 집의 입구를 완벽하게 다른 표정으로 만드는 특별한 능력을 가지고 있다. 한글이나 알파벳도 마찬가지지만 숫자는 배열된 모양이나 순서에 따라 숫자 사이의 여백이 달라지기 때문에 어떤 숫자가 함께 쓰이는지에 따라 느낌이 확연히 다르다. 재질과 색이 제각각인 대문에 잘도 어울리게 매치되어 있는 숫자들.

이렇게 집집마다 꼭 붙어 있는 번지수들은 볼 때마다 나에게 영감을 주었고 그렇게 나만의 비밀 프로젝트가 시작되었다. 사진으로 남겨두고 싶은 마음에 남의 집 대문에 서서 사진을 찍다 보니 종종 주인이 대문을 열고 나와 불쾌한 표정으로 나를 위아래로 훑어보는 난처한 상황이 발생하기도 한다. 내 입장에서야 '난 숫자만 찍었을 뿐이라고요' 하고 항변하고 싶지만, 입장 바꿔 생각해보면 우리 집 문을 열었을 때 누군가 카메라를 들이대고 있다면 전혀 기분 좋은 일이 아닐 것 같다. 그래서 재빨리 카메라 셔터를 누르고 홀연히 배경 속으로 사라지는 기술을 자연스레 연마하게 되었다.

숫자에 대한 이야기가 나온 김에 재미있는 에피소드 하나를 소개

할까 한다. 숫자에 대한 애정으로 시작한 비밀 프로젝트와 맞물려 숫자 7에 대한 콤플렉스가 생긴 아이로니컬한 일이 벌어지고 말았다. 그건 바로 내 손글씨로 쓴 숫자 7 때문이다. 손글씨 7 때문에 생긴 곤욕스러운 일이 한두 번이 아니다. 미국에서 내가 손글씨로 숫자 7을 쓰면 대부분의 미국인들이 알아보지 못한다. 내가 쓰는 숫자 7은 지극히 정상적인데도 말이다. 한번은 미국의 다른 주로 편지를 보내려고 우체국에 갔을 때 담당자가 받는 사람의 우편번호가 잘못되었다고 해서 순간 놀랐는데 알고 보니 내가 쓴 숫자 7이 숫자 2로 읽힌 것이었다. 또 한 번은 친구의 부탁으로 명함을 인쇄해주고 예쁜 종이에 자신 있게 영수증을 써 주었는데 내 계좌에 입금된 액수가 잘못되었다. 확인해 보니, 아니나 다를까 내 손글씨 숫자 7이 문제였다. 대체 왜 미국인들은 내 숫자 7을 다른 모양으로 읽는 거지?

일련의 사건들이 신기하면서도 재미있다. 한국에서는 단 한 번도 내가 쓴 7을 잘못 읽는 사람들이 없었거니와 이야깃거리가 된 적도 없었는데 말이다. 이것 또한 문화적인 차이에서 오는 '다름'인 듯하다. 난감한 상황을 여러 번 겪은 탓에 우편을 보낼 때나 수표에 금액을 적어 넣을 때는 두려운 마음에 조심스럽게 미국식으로 숫자 7을 쓰려고 노력하고 있다. 하지만 워낙 오랫동안 무의식적으로 길들여진 손글씨라서 고치기가 쉽지 않다. 앞으로 미국에서 문제없이 살아가려면 남의 집 대문에 붙은 숫자에 관심을 두기보다는 내 손글씨로 쓰는 숫자 7의 모양에 관심을 기울여 우선 그것부터 고쳐야 할지도 모르겠다.

자전거 예찬

밤 12시에서 1시 사이, 남들이 다 잠든 새벽 시간에 한산한 거리의 자유를 만끽하며 달리는 일. 여름밤 조용한 거리에서 선선한 밤공기를 느끼며 속력을 높여 달렸던 그때의 기분은 아직도 기억에 생생하게 남아 있다.

튼튼한 헬멧으로 무장하고, 발 편한 자칭 자전거용 플랫 슈즈를 신고, 숄더백을 어깨에 둘러메고, 점심 식사를 책임질 묵직한 도시락과 사무실에서 신을 하이힐을 넣은 캔버스 백을 자전거 핸들에 걸고 페달을 밟는다. 바람이 불어 얼굴 위로 살랑살랑 스치는 머리카락에서 나는 샴푸 냄새가 아침 공기에 섞여 기분이 좋다. 천천히 나아가는 자전거 위에서 아침 풍경을 둘러보며 자전거 전용 도로를 따라 달리다 보면 어느새 내가 일하는 미술관 주차장에 도착한다. 헬멧을 벗으니 이마에 땀이 송글송글 맺혀 있다. 이렇게 상쾌한 아침 공기를 마시며 땀을 약간 흘리고 나면 내 몸은 어느새 에너지로 가득 충전이 된다. 그때의 이상하리만치 활기찬 기분은 아침을 시작하기에 더할 나위 없이 좋다.

기껏해야 10~15분 정도 자전거를 탔을 뿐인데 이토록 하루를 기운차게 시작할 수 있으니 그 중독성 있는 기분이 매일 아침 자전거를 끌고 나가게 만든다. 자전거로 통근이 가능한 위치에 직장이 있다는 건 큰 축복이기도 하다. 이렇게 요즘 나의 하루는 자전거를 예찬하며 시작된다. 거기에 한 가지 더해진 일정이 있다면 집을 나선 후 집 근처에 있는 투박한 스타일의 미국식 식당에 들러 글레이즈가 잔뜩 올려진 도넛을 한 개 사는 일. 사무실에 도착해 적당히 데워진 몸을 식히며 커피 한 잔과 함께 먹는 달콤한 도넛은 나의 아침을 더없이 밝게 밝혀준다.

아마 나를 잘 아는 사람들은 이 글을 읽는 동안 이 사람이 내가 아는 정재은이 맞는지 의심할지도 모르겠다. 발에 물집이 생길 정도

로 오래 걸어 다닐 때에도 하이힐을 포기하지 않았던 정재은이 자전
거를 타고 출퇴근을 한다니 말이다.

사실 지금 내가 타고 있는 자전거는 미국으로 오기 전 서울에서
미리 구입해 타기 시작했던 것이다. 이미 오랜 시간 뉴욕에서 지낸
터라 자전거 문화에 익숙해진 마이클의 설득력 있는 제안으로 제법
비싼 가격표가 붙은 자전거를 세트로 구입했다. 그때까지 나는 어
린 시절 아파트 단지 안에서 동네 친구들과 어울려 네발 자전거를
탄 걸 제외하고는 자전거를 타본 적이 없었다. 그렇게 마이클에 의
해 반강제로 자전거를 집에 들인 후로 집 근처 공원에서 타기 시작했
다. 광화문 한복판에 있던 우리의 단기 신혼집 주변에 경치 좋은 궁
과 공원이 있어 자전거를 타기에는 제법 좋은 환경이었지만 문제는
집을 나선 직후부터 공원에 도착하기까지의 길이었다. 자전거족에
게 친절하지 않은 도시에서 자전거로 차도 위를 달리기 위해서는 큰
용기가 필요했다. 겨우 마음을 다잡고 눈 질끈 감고 차도를 달려보
지만 시작하기가 무섭게 뒤에서 빵빵대는 차들의 경적 소리에 놀라
슬쩍 인도 위로 올라온다. 하지만 인도 위에서는 사람들과 부딪힐까
봐 제대로 달리지도 못하고 자전거를 끌고 걸을 수밖에 없다. 그래
서 우리가 찾아낸 방법은 밤 12시에서 1시 사이, 남들이 다 잠든 새
벽 시간에 한산한 거리의 자유를 만끽하며 달리는 일. 여름밤 조용
한 거리에서 선선한 밤공기를 느끼며 속력을 높여 달렸던 그때의 기
분은 아직도 기억에 생생하게 남아 있다.

자전거 타기를 가끔 즐기는 취미 이상으로는 절대 생각해본 적이

없는 내가 미국의 '친'자전거 분위기에 용기를 얻어 이제 자전거 전용 도로가 있는 곳이라면 어디든지 마음껏 달릴 수 있게 되었다. 한가로움과는 거리가 먼 이 도시에서 자전거를 타는 것이 가능할까 싶었는데 자전거 이용자가 많다 보니 자전거 전용 도로가 잘 닦여 있고, 더욱이 자전거에 우호적이고 매너 좋은 자동차 운전자들 덕분에 마음 편하게 자전거를 탈 수 있다. 가끔 어쩔 수 없이 인도 위에서 자전거를 끌고 갈 때에는 멀쩡한 내 구역(자전거 전용 도로)을 놔두고 남의 구역을 침범하는 기분이 들어 미안할 지경이다.

내가 일반적인 출퇴근 시간보다 조금 일찍 출근하고 퇴근해서 그런지 주중에는 널찍한 자전거 전용 도로가 전부 내 차지다. 하지만 주말에는 또 다른 이야기. 날씨 좋은 주말이면 다른 사람들도 나와 같은 마음인지 하나 둘 자전거를 끌고 나와 어느새 자전거 전용 도로는 쭉 늘어서서 달리는 자전거들로 복잡해진다. 내 입장에서는 나와 같은 생각을 가진 동료들과 함께 달릴 수 있기 때문에 즐거운 일이지만, 속력을 내서 달리는 자전거족들에게는 답답하기 그지없는 상황일지도 모르겠다. 내가 본능적으로 속도가 빠른 그 무엇이라도 거부하기 때문이기도 하지만, 속도를 내기에는 담력이 부족한 나는 언제나 천천히 내 템포에 맞춰 달린다. 그럼에도 불구하고 자전거 전용 도로 위에서 달리는 사람들 중 누구 하나 대놓고 재촉하는 사람이 없다. 슬쩍 내 옆을 추월하며 "Excuse me"라고 한마디 던지는 이들은 꽤 있었지만.

가까스로 자전거를 끌고 공원에 나가 잠깐 타는 취미용이 아니라

일상에서 내 발이 되어주는 필수적인 교통수단이자 많은 뉴요커들의 빼놓을 수 없는 문화 중 하나인 자전거 타기. 그리고 보면 자동차가 보편적인 미국 대부분의 도시 외곽 지역에서 자전거를 타는 사람을 발견하기란 쉽지 않다. 자전거 페달을 밟으며 이동하기에는 이동 거리가 길기도 하고 대부분의 외곽 지역이 그렇듯 고속도로라는 큰 장애물이 있기 때문이다. 그래서 복잡한 이 도시 뉴욕에서는 자전거가 한가로운 풍경 속에서 타는 게 아니라 일상생활에서 필요에 의해 타야 하는 이유 있는 교통수단이 되는지도 모르겠다. 그래서 뉴욕 어느 곳을 가도 곳곳에 자전거 용품을 팔거나 보수해주는 가게가 자주 눈에 띈다. 현재 뉴욕 시장이 누누이 강조하며 추진하고 있는 캠페인이 바로 자전거 '더 많이' 타기다. 복잡한 길거리에 자전거들이 줄지어 서 있는 광경을 보며 살아오지 않았던 내 입장에서는 지금도 이미 많은 사람들이 자전거를 타고 있는데 얼마나 더 많은 사람들이 자전거를 타기를 원하는 것인지 선뜻 이해가 되질 않는다.

점심 먹을 겨를도 없이 바쁘게 돌아가는 사무실 안에서 탈출하는 늦은 오후, 헬멧을 눌러 쓰고 자전거 페달을 밟는 순간 비로소 나의 세상으로 돌아와 여유를 느낀다. 널찍한 사거리에 다다라 긴 신호에 걸리면 옆에 대기하고 있는 사람과 짧은 인사를 나눈다. 그리고 다시 페달을 밟으며 천천히 지나가는 일상의 풍경 안에 나를 담는다.

소박한 나들이-이 순간도 곧 지나가리라

곳곳에 붙어 있는 간판들이 촌스럽기도 하고, 웃음이 픽 나오는 분위기를 자아
내지만 그래서 더 매력적인 곳, 옛날 미국 영화에 나올 법한 로맨틱한 놀이동산
데이트가 상상되는 곳, 코니 아일랜드는 내게 그런 곳이다.

　인생의 한 과정이고, 곧 지나갈 걸 알면서도 가끔 마음을 다스리기 힘들 때가 있다. 그것은 단순히 외로움과 그리움의 감정이라고 단정 짓기 힘든, 좀 복잡 미묘한 그런 형태를 지녔다. 이민을 오기 전에 외국에 오래 살았던 친구들이 조언하길, 정기적으로 찾아오는 그 외로움과 슬픔은 '이 순간도 곧 지나가리라'라고 그러려니 하며 그냥 저절로 지나가게 놔둬야 한다고, 그저 어느새 찾아왔다 지나가는 그 시간을 극복하는 나만의 방법을 찾아야 한다고 했다(사실 그 이야기를 들었을 당시에는 그건 상상하기 힘든 감정이었다).

　내 그리움의 근원은 물론 가족과 친구들이다. 가끔은 현재 내가 살고 있는 이 환경 안에 내가 사랑하는 사람들을 모두 데리고 와 울타리를 치고 같이 사는 덧없는 상상을 해보기도 한다. 미국으로 오는 비행기 안에서 1년에 꼭 한 번은 가족과 친구들을 만나러 한국에 나갈 거라고 다짐했었는데, 학생처럼 긴 방학이 있어 이곳 생활이 '잠시 멈춤' 상태가 되는 것도 아니고, 계속 돌아가고 있는 이곳 생활을 모른 체하고 훌쩍 다녀오기가 생각만큼 쉽지 않았다. 열네 시간이라는 비행 시간과 시차가 부담스럽기만 할 뿐이고. 그러고 보니 어느새 3년이 다 되도록 한국에 나갈 기회가 없었다. 취업하기 전에는 괜한 고집이 생겨서 '이곳에서 내 위치가 안정된 후에 한국에 가야겠다' 하고 다짐을 했다. 한국에서 짧고 꿈같은 시간을 보내고 돌아왔을 때 내 마음이 쉽게 정리될 만한 일상의 패턴이 필요하다고 생각했기에. 예를 들면 매일 같은 시간에 회사에 가서 일을 해야 한다는 의무감 같은 일상적인 패턴 말이다. 그런 비밀스러운 마음으로 무직 기간을 보낸 후에 막상 취직을 하고 나니 이제는 일 때문에 긴 휴가를 쓰기가 마땅하지 않아 한 달 두 달 한국 방문 계획이 미뤄지고 있는 이 아이로니컬한 상황이라니…….

이곳 생활이 잘 맞아 남 부러울 것 없이 행복하게 지내고 있으면서도 문득 찾아오는 무거운 감정은 이곳 생활에 대한 만족감과는 별도의 공간에 자리 잡고 있다. 바쁜 생활 탓에 그 마음을 의식할 여유도 없이 지내다 보면 아무렇지 않다가도 문득 가슴 깊은 곳이 저릴 때가 있다. 그런 마음이 켜켜이 쌓이고 쌓이다 보면 누가 옆에서 눈물이 날 정도로 세게 꼬집는 것처럼, 한 순간 펑 터지게 된다.

사실 이 정기적인 감정 변화는 시카고에 사는 동안 주로 일어났기 때문에 나에게 시카고라는 도시는 그리움이라는 단어와 함께 떠오른다. 갑자기 터지는 나의 감정을 목격하는 건 언제나 나와 한 세트처럼 붙어 다니는 마이클이었다. 여유로운 토요일 아침, 등 따뜻하게 기분 좋은 햇살을 받으며 멀쩡히 아침을 먹다가, "한국 가고 싶어?" 하고 넌지시 던지는 마이클의 한마디는 마치 리모컨의 전원 버튼처럼 누르는 순간 나를 꺼이꺼이 대성통곡하게 만든다. 그럴 때마다 마음 약한 내 남편은 눈물이 글썽글썽해서는 같이 울어준다. 뜬금없이 울음이 터져 민망한 나에게는 그의 그런 마음이 그렇게 고마울 수가 없다.

영어만 써야지, 하고 독하게 마음을 먹었던 건 아니었는데 이곳 문화에 익숙해지려고 노력하다 보니 자연스럽게 한국 문화와는 멀어질 수밖에 없었다. 사실 한국에 살 때도 텔레비전이나 가요와 가깝게 지내지 않았던 터라 미국에 왔다고 그 부분이 크게 달라지지는 않았다. 그러던 중 한국에 있는 친구에게 가수 김동률의 새 음반이 나왔다는 이야기를 들었다. 대학 입시를 준비하는 동안 미술 학원에서 데생을 하며 열심히 들었던 노래가 김동률과 이적의 「그땐 그랬지」였다. 대학에 입학해서도 이 노래가 나 혼자만의 히트송이었을 정도로 언제든 들으면 당시의 추억들이 밀려오는, 그런 특별한 의미가 있는 노래다(물론 두껍고 깊은 김동률의 목소리는 감정에 집중하기에 최적의 톤을 가졌다). 그래서 김동률의 새 음반이 나왔다는 이야기를 듣자마자 한국에 있는 남동생에게 긴급 요청해 전 곡을 받아 아이폰에 저장했다. 어느 곳에서나 한국 가요를 다운 받을 수 있는 이 시대에 웬 청승인가 싶지만, 내 마음이 그랬다. 한국 가요까지 챙겨 듣기에는 시간의 여유도, 마음의 여유도 없었고, 게다가 소심한 마음 탓에 가사가 귀에 콕콕 꽂히는 가요를 들었다가는 감정을 조절하기가 힘들 것 같아서 미국에 온 후에 한국 가요를 단 한 곡도 듣지 않았다.

　추수감사절, 시카고로 여행 가는 비행기 안에서 미국에 온 후 처음으로 한국 가요를 들었다. 아니나 다를까, 내 감정선을 자극하는 김동률의 첫 노래가 끝나기도 전에 그리운 모든 추억들이 강한 파도처럼 밀려왔다. 2호선 선릉역 미술학원 앞에서 김밥 한 줄과 오뎅국을 먹으며 친구와 쫑알쫑알 수다 떨었던 기억, 선선한 여름저녁 무렵에 맥도날드 아이스크림 콘을 먹으며 걸었던 아늑한 정동 길. 인쇄 감리 보러 충무로에 갈 때마다 빠지지 않고 들렀던 명동 칼국수집의 시끌벅적함……. 신기하게도 가장 또렷하게 기억나면서 그리워지는 건 미국에서는 느끼기 힘든 그런 정서들이었다. 조금 전까지도 여행의 설렘에 날아갈 것 같더니, 마치 사연 있는 여자처럼 갑자기 눈가가 뜨거워지며 눈물이 줄줄 흘러 민망해질 정도였다. 그래서 동생이 보내준 김동률의 새 음반 청취는 단 한 번, 그게 처음이자 끝이 되었다. 나중에 한국에 나가는 비행기 안에서 들으면 기분이 좀 다를까?

이렇게 가슴이 욱신거리는 상황이 생길 때마다 갑자기 짐을 싸서 주말 여행 가듯이 한국에 나갈 수도 없는 노릇이고, 꺼이꺼이 울어봤자 잠깐뿐이지 깊숙한 곳의 그 무거운 마음이 완벽하게 가벼워지는 건 아니니 나만의 비밀 병기가 필요했다.

사람에 따라 기분 전환하는 방법은 다양하겠지만, 나에게 가장 효력이 뛰어난 건 주디 갈랜드의 경쾌하고 발랄한 영화들이다. 워낙 뮤지컬을 좋아해서 음악과 춤, 이야기가 모두 담겨 있는 종합 선물 세트인 주디 갈랜드의 영화는 언제 봐도 기분이 좋아진다. 「세인트 루이스에서 만나요Meet Me in St. Louis」는 예전에는 크리스마스 시즌에 보는 게 연례 행사였지만 이제는 1년 어느 때나 무거운 마음이 고개를 들 때 보는 영화가 되었다. 언제 봐도, 언제 들어도 행복해지는 「트롤리 송The Trolley Song」이 나오는 장면에서의 주디 갈랜드는 정말 사랑스럽다. 라디오에서 흘러나오는 노래만 들어도 '주디 갈랜드다!' 하고 금세 알아차릴 수 있는 독특한 음색과 통통 튀는 발랄한 움직임, 듣기만 해도 행복해지는 목소리와 사랑스러운 표정은 정말 중독성이 있다. 주디 갈랜드나 셜리 템플의 행복한 분위기의 영화를 좋

아하시는 시어머니 덕분에 자라는 동안 여러 번 주디 갈랜드 영화를 본 마이클은 지겨울 법도 한데, 내가 영화를 볼 때마다 함께 행복한 웃음을 짓고 있는 것을 보면 그녀의 영화는 나뿐만 아니라 많은 사람들을 행복하게 해주는 영화가 분명한 것 같다. 「부활절 축제Easter Parade」, 「포 미 앤드 마이 갤For Me and My Gal」, 「스트라이크 업 더 밴드Strike Up the Band」 등 셀 수 없이 많은 그녀의 영화들은 기분 좋을 때 보면 기분이 훨씬 더 좋아지고, 기분이 안 좋은 상태일 때 보면 어느새 기분을 기본선까지는 끌어 올려준다. 덕분에 나에게 이 방법은 가장 간단하면서도 효과가 큰 기분 전환 방법이다. 고마워요, 주디.

나는 놀이동산에 가면 항상 남들이 롤러코스터나 바이킹 타는 것을 구경하면서 즐거워 하는 타입이다. 가장 좋아하는 놀이기구를 꼽으라면 회전목마라고 할 정도로 롤러코스터 같은 놀이기구가 주는 스릴은 내게는 즐거움이라기보다는 공포와 스트레스에 가깝다. 그래서 나는 놀이동산에 놀이기구를 타러 가는 게 아니라 그 분위기를 즐기러 간다. 이런 나에게 뉴욕으로 이사한 후에 새 취미가 생겼다. 지하철 Q라인을 타고 종착역까지 쭉 내려가면 브루클린에서도 가장 남쪽 끝에 코니 아일랜드 역이 있다. 그곳에 크고 오래된 야외 놀이동산이 있다. 1800년대 후반부터 놀이기구들이 하나둘 지어지기 시작했고, 당시 부유한 사람들이 여가를 즐기러 이곳에 왔다고 한다. 그후 1900년대 초반 지하철이 이곳까지 연결되며 더 많은 사람들이 쉽게 찾을 수 있게 되었고, 이때가 코니 아일랜드의 전성기였다고 한다.

남들은 다 놀고 집에 돌아가는 시간에 슬슬 집에서 나가 놀이공원에 가서 놀이기구는 전혀 타지 않고 다른 세상을 경험하고 돌아오면 그렇게 기분이 좋을 수가 없다. 곳곳에 붙어 있는 간판들이 촌스럽기도 하고 웃음이 픽 나오는 분위기를 자아내지만 그래서 더 매력적인 곳, 옛날 미국 영화에 나올 법한 로맨틱한 놀이동산 데이트가 생각나는 곳, 코니 아일랜드는 내게 그런 곳이다. 롤러코스터 옆을 지날 때 들려오는 사람들의 비명 소리도 왠지 모르게 짜릿하고, 즐거워 하는 사람들 얼굴을 보면 내 기분도 덩달아 좋아진다. 그렇게 구석구석 돌아다니다가 배가 고프면 그 유명하다는 네이선스 핫도그를 한 개씩 사 먹고, 야외 페스티벌에서는 절대 빠지지 않는 퍼넬 케이크도 한 개 사 먹고 나면 남 부러울 게 없다. 어두운 밤 밝게 불 밝힌 놀이기구 사이를 걸으면 어렸을 적 롯데월드 같은 곳에서 느꼈던 것처럼 기분이 날아오른다. 이렇게 놀이기구를 타지 않고도 야외 놀이동산의 분위기를 충분히 즐길 수 있다. 또 놀이동산 앞으로 넓게 펼쳐진 바닷가에서 불어오는 상쾌한 바닷바람을 느끼며 산책하는 기분 또한 굉장히 상쾌하다. 어쩌면 빈티지한 분위기의 코니 아일랜드라서 그런 건지도 모르겠지만 이곳에는 말로 설명하기 힘든, 가슴을 부풀어오르게 하는 특별한 분위기가 있다.

누구든 항상 행복할 수는 없다. 우리는 행복하기 위해 살아가는 것이고, 그러기 위해서는 행복하지 않다고 느끼는 순간의 감정을 잘 다스리는 것이 중요한 것 같다. 마음이 무거워질 때를 위한 나만의 처방전을 비장의 무기로 숨겨 두는 건 꽤나 중요한 일이다. 내 감정의 주체가 내가 되는 것, 그게 바로 행복해질 수 있는 방법이니까.

2장

소소한 일상을 요리하다

요리의 기쁨

신나게 뉴욕 레스토랑 기행을 즐기다 두드러기에 대한 두려움과 외식비 지출 초과로 인해 우리는 시카고에서 그랬던 것처럼 '홈메이드 요리의 즐거움'으로 다시 돌아오게 되었다. 뭐니 뭐니 해도 집밥이 최고 아닌가.

미국에는 소울푸드라는 장르의 요리가 있다. 미국 남부 지방에서 가족 모임 때 냈던 푸짐한 요리를 의미하는 소울푸드는 어쩐지 마음을 담은 음식을 연상하게 한다. 아프리칸 아메리칸 흑인들이 노예로 있던 당시, 백인들이 요리에 사용하지 않는 고기 부위나 그들이 직접 기른 야채로 요리하기 시작한 것이 현재의 다양하게 진화된 소울푸드의 시초가 되었다고 한다. 소울푸드라는 단어 이면에 감춰진 이야기가 썩 유쾌하지는 않지만 오랜 시간 동안 마음을 담아 하는 요리라는 의미를 담고 있기에 나는 이 단어가 좋다. 그래서인지 소울푸드를 전문으로 하는 레스토랑에 가면 주문한 후 1시간 정도 기다리는 건 예삿일이다.

시카고에서 살았을 때는 외식에 대한 욕망이 그다지 크지 않았는데, 뉴욕으로 온 후에는 먹어보고 싶은 음식도, 가보고 싶은 레스토랑도 너무 많아 처음 몇 달간은 가계부의 외식 예산이 급격하게 초과되었다. 전 세계 모든 음식이 모여 있으니 새로운 맛을 경험하고 싶은 호기심이 자극되는 건 당연한 일. 뉴욕의 오래된 집들의 부엌은 굉장히 작고 허술하다. 그 이유는 너무나도 분명하다. 주변에 워낙 다양한 종류의 레스토랑이 줄을 지어 있으니 사람들이 집에서 요리할 필요성을 느끼지 못하게 때문이다. 치즈 케이크가 먹고 싶어 집에서 굽고 있자니 한 친구가 하는 말이, 기가 막히게 맛있는 정통 치즈 케이크를 파는 곳이 지척인데 왜 굳이 직접 굽고 있느냐고 신기해 했다. 예전에 어떤 책에서 뉴욕에서 브런치 문화가 생겨난 이유는 싱크대 하나, 비좁은 조리대 하나, 작은 스토브 하나가 전부인 부엌에서 요리하기도 힘들 뿐만 아니라, 대부분의 뉴요커들이 룸메이트와 살고 있기에 주말 아침에는 아침 겸 점심을 나가서 해결했기 때문이라고 한 것을 읽었다. 뉴욕에서 집을 보러 다니면서 부엌 구조의 심각성은 정말 많이 느꼈고 (좁은 공간에 억지로 힘들게 부엌 공간을 만든 게 눈에 훤히 보일 정도로, 어떤 집은 부엌에 공간이 없어 냉장고가 거실에 덩그러니 놓여 있었다) 친구들 집에 가보더라도 다른 공간에 비해 부엌이 작고 실용성이 떨어졌다.

이곳 생활에서 단 한 가지 문제가 있다면 음식에 대한 알레르기 반응이 생겼다는 것. 몸이 예민해진 건지 특정한 재료를 먹고 나서 벌레에 물린 것처럼 울룩불룩 두드러기가 얼굴 전체에 돋아 애를 먹었다. 목구멍까지 간지럽고 탱탱 부어 오를 때쯤 약국에 도착해 두드러기를 진정시키는 시럽을 삼키고 나니 다행히 10분만에 가라앉기는 했지만, 약사가 하는 말이 조금이라도 늦었으면 두드러기가 기도를 막아 응급실로 가야 하는 상황이 되었을지도 모른다고 했다. 사실 한국에서는 단 한 번도 음식을 먹고 두드러기가 난 적이 없었다. 하필이면 그날 샐러드 뷔페에서 다섯 가지가 넘는 메뉴를 골라 먹었기 때문에 내 몸이 어떤 음식에 그렇게 반응하는지 아직 발견하지 못했다. 그래서 응급실에 갈지도 모른다는 끔찍한 생각 때문에 그 이후로는 새로운 음식을 먹을 때마다 조심하게 되었다.

신나게 뉴욕 레스토랑 기행을 즐기다 두드러기에 대한 두려움과 외식비 지출 초과로 인해 우리는 시카고에서 그랬던 것처럼 '홈메이드 요리의 즐거움'으로 다시 돌아오게 되었다. 뭐니 뭐니 해도 집밥이 최고 아닌가. 좋은 재료로 내 입맛에 맞게 요리하는 건 좋지만, 사실 서로 바쁜 맞벌이 부부는 요리에 대한 부담이 없을 수가 없다. 요리를 해서 먹으려면 모든 게 준비된 상태에서 요리하고 밥상에 앉아 먹는 시간만이 아니라 장보는 시간, 설거지하는 시간까지 필요하기 때문이다. 그 시간을 다 합치면 결코 짧지 않다. 그래서 우리는 시간을 좀 더 효율적으로 쓰기로 했다.

우리 집에는 매주마다 발행되는 반 강제 쿠폰이 있다. 함께 외식 쿠폰 2장, 함께 테이크아웃 쿠폰 2장, 각자 점심 식사 쿠폰 1장이 그것이다. 이렇게 일주일의 외식 횟수를 정하고, 그 주에 요리할 메뉴를 정한다. 그러고는 일주일 동안 대략 먹을 것들을 정리해 장보기 목록을 작성한다. 일요일에는 '큰' 장보기를 하고 모자라거나 더 필요한 것들은 퇴근길에 마트에 들러 가볍게 구입한다(물론 이 계획은 집 근처에 마트가 있어야 한다는 전제가 필요하다. 우리가 처음 집 위치를 정할 때에도 '걸어서 5분 이내의 마트 근접성'이라는 우선 순위가 있었다). 한 주의 메뉴를 계획해서 장보기를 하면 마트에서 소비하는 시간뿐 아니라 지출도 크게 줄어든다.

점심은 주로 직접 준비한 도시락으로 해결한다. 미국은 우리나라처럼 점심 시간에 직원들이 우르르 몰려 나가 함께 먹는 분위기가 아니라 대부분의 사람들이 혼자 조용히 먹는다. 나는 입맛에 별로 맞지 않는 미술관 카페테리아의 음식보다 내가 만든 음식이 더 좋기도 하고, 입사 후 바쁜 스케줄 때문에 점심은 대부분 자리에 앉아 일을 하면서 먹기에 점심 도시락은 내게 필수가 되었다. 그래서 저녁

을 요리할 때 양을 두 배로 늘려 요리해 다음 날의 점심 도시락으로 싸거나, 아침에 간단하게 샌드위치나 샐러드를 후다닥 만들어 가지고 나간다. 냉장고에 쌓여 있던 음식들이 거의 사라지는 금요일 점심에는 그 주에 발행된 점심 식사 쿠폰을 쓸 수 있다.

뭐든지 계획하는 것을 좋아하는 내 성격 때문에 이렇게 쿠폰 규칙을 엄격하게 지키다 보니 자연스럽게 집밥과 외식의 균형이 맞춰졌다. 외식 쿠폰 두 장으로 함께 가고 싶었던 레스토랑에서 만족스러운 식사를 즐기는 일은 결과적으로 우리가 직접 만드는 홈메이드 요리의 자양분이 된다. 멕시칸 레스토랑에서 먹었던 환상적인 몰레 소스 맛을 떠올리며 집에 와서 레시피를 찾아보고 따라 해보거나, 에티오피아 요리를 먹으며 몰랐던 재료에 대해 웨이터에게 물어보고 요리하면 나만의 손맛이 가미된 새로운 요리가 탄생한다.

하루에 한 끼 저녁 식사만이라도 정성 가득한 근사한 홈메이드 음식을 요리하는 것은 생각만큼 번거롭고 힘든 일이 아니다.

읽고 요리하고 기억하다

요리 사진이 없더라도 레시피와 저자의 에피소드가 함께 어우러져 있는 요리책은 좀처럼 손에서 쉽게 놓을 수가 없다. 맛과 향이 상상되는 설렘 가득한 요리 레시피에, 음식에 얽힌 아련하고 따뜻한 사람 사는 이야기를 버무려 읽고 나면 책 마지막 장을 덮고 나서도 그 여운이 길게 남는다.

　요리와 관련된 콘텐츠가 갈수록 다양해지고 있다. 매주 출판되는 요리책이 많은 이유를 미국의 한 저널리스트는 '현 시대 문화의 한 현상'이라고 이야기했다. 바쁜 생활 속에서 직접 요리할 시간이 없는 이들이 요리책을 보며 상상하고 꿈꾸기 때문이라는 것. 음식 이야기를 싫어하는 사람이 이 세상에 과연 얼마나 되겠는가? 굳이 직접 요리를 하지 않는 사람이더라도, 요리책이나 요리 잡지 또 요리 관련 블로그에 열광하는 것도 다 같은 이유에서일 것이다. 직접 요리하지 않더라도 타인의 경험을 책이라는 매체를 통해 간접 체험함으로써 직접 먹는 것만큼 만족감을 느낄 수 있고, 나도 전문가처럼 할 수 있을 것 같은 자신감이 생긴다. 요리책을 보며 요리하는 사람들 또한 배고픔을 떨치기 위해서라는 1차적인 목적을 훌쩍 넘어서서 부엌에서 요리하는 행위 자체를 즐긴다.

　몇 년 동안 조금씩 모아온 나의 요리책 콜렉션은 꽤 다양한 편이다. 질 좋은 종이에 인쇄되어 매 페이지마다 끊임없이 멋들어진 사진들이 이어지는 양장본 요리책이 있는가 하면, 스테이플러 두 개가 가운데 떡 하니 박혀 있는 중철 제본된 얇디 얇은 요리책도 있다. 20대 초·중반에는 서점에 가면 예술이나 디자인 관련 서적 코너로 자연스럽게 발길이 향하곤 했는데, 직접 요리를 하기 시작한 후에는 무조건 요리책이 진열되어 있는 매대로 먼저 달려가게 되었다. 하지만 눈 돌아가게 멋진 요리책을 전부 다 소유하는 건 불가능한 일! 책을 내 책장에 모으는 것보다 더 중요한 것은 책 속의 내용을 내 머릿속에 담는 것이라는 논리를 적극적으로 실천하기 시작한 이후부터는 도서관에

서 요리책을 대출하는 일이 일상이 되었다. 이미 꽉 차 있는 내 책장
은 더 이상 무거워지지 않고, 내 마음도 한결 더 가벼워졌다.

재미있는 것은 계절에 따라 도서관에서 대출되는 요리책의 종류
가 확연히 다르다는 것이다. 따뜻한 수프가 생각나는 겨울에 도서
관에서 수프 관련 요리책을 발견하기란 하늘의 별 따기만큼이나 힘
든 일이고, 봄이나 여름에는 다양한 샐러드 레시피가 담겨 있는 요
리책을 만나 보기 힘들다. 나중에라도 빌려 보겠다고 대출 예약을
해놓고 보면 이미 내 앞에서 차례를 기다리고 있는 사람이 수십 명
이다.

요리책은 본래 요리하는 이들을 위해 정보를 주는 것이 첫 번째
목적이지만, 나는 개인적으로 읽을거리가 곁들여져 있는 요리책이
좋다. 이게 요리책인지 에세이인지 경계를 오가는 그런 책 말이다.
요리 사진이 없더라도 레시피와 저자의 에피소드가 함께 어우러져
있는 요리책은 좀처럼 손에서 쉽게 놓을 수가 없다. 맛과 향이 상상
되는 설렘 가득한 요리 레시피에, 음식에 얽힌 아련하고 따뜻한 사
람 사는 이야기를 버무려 읽고 나면 책 마지막 장을 덮고 나서도 그
여운이 길게 남는다.

내 책장에 꽂혀 있는 요리책 중에 가장 여러 번 읽었던 책은 몰리
위젠버그의 『홈메이드 라이프A Homemade Life』라는 책이다. 2009년
에 출판되자마자 구입해서 족히 다섯 번은 읽은 것 같다. 지은이는
요리에 담긴 자신의 사적인 이야기를 레시피와 함께 담백하게 풀어
놓았다. 글을 읽으며 느낄 수 있는 지은이 특유의 어조도 좋지만, 무

엇보다도 요리와 관련된 크고 작은 사건들이 마치 내 일처럼 몰입이 되는 책이라 더 좋았다. 아버지가 돌아가시고 한 시간이 채 되지도 않아 부엌으로 가 우유에 시리얼을 말아 먹었다는 지은이는 자신의 그런 일화와 함께 아버지가 생전에 좋아하셨던 '건과일 파이 레시피' 를 함께 적었다. 가슴에 크게 뚫린 구멍을 막고 일상으로 돌아가기 위해 그녀는 무심코 매일 먹던 시리얼을 먹었으리라. 나는 이 책에 소개된 건과일 파이를 구우며, 책 속의 지은이가 생각나 마음이 차분해졌다. 이 레시피가 즐거운 추억과 함께 소개되었더라면 나도 경쾌한 기분으로 파이를 구웠을 텐데 말이다.

지금까지 만들어 본 요리보다 앞으로 만들 요리가 훨씬 많고, 지금까지 읽은 요리책보다 앞으로 읽을 요리책이 훨씬 많기에 요리책을 읽는 것은 마치 공부하는 것과 같다. 쓱 보고 손에서 놓는 것이 아니라 재료 하나하나, 과정 하나하나를 꼼꼼히 읽고 직접 만들어 보고 완성된 맛과 과정을 기억하는 일, 그리고 읽는 것만으로도 입맛을 돋궈주는 요리책을 보는 일은 내게 특별히 시간을 내서 해야 하는 부담스러운 일이 아니라 즐거운 일상이 되었다. 하루 세 끼 건강하고 맛있게 즐기는 것은 생활 전체에서 큰 부분을 차지하기 때문이다. 그리고 맛있는 음식만큼 인생에서 중요한 것은 음식과 함께 기억되는 '좋은 이야기'가 아닌가 싶다.

세상에서
가장 특별한 환자식

몇 주 전에 마음이 따뜻해지는 기사를 읽었다. 뉴욕에 있는 한 암 센터의 음식을 책임지고 있는 젊은 주방장이 유명한 레스토랑에서 일했던 경험을 토대로 어린이 환자들을 위해 환자 본인이 원하는 음식을 요리해준다는 내용이었다. 이 주방장은 어린이 환자들이 입맛에 맞지 않는 병원식을 먹기 힘들어 한다는 사실을 깨닫고 세계 여러 나라에서 온 어린이 환자들의 입맛에 따라 원하는 아이들에게 각기 다른 음식을 요리해준다. 마치 개인 취향을 최우선으로 하는 특급 호텔의 풀 서비스처럼 말이다. 물론 어린이 환자를 위한 요리이니 건강한 재료로 자극적이지 않게 요리한다. 의사들도 구미를 당기는 음식을 규칙적으로 먹는 것이 환자의 건강에 도움이 된다고 입을 모아 이야기한다. 이 주방장은 인도에서 온 소녀에게 커리와 딜을 넣어 만든 음식을 내놓기도 하고, 세 살짜리 라틴계 소년에게는 그 소년이 원하는 엄마표 노란 밥을 요리해주었다. 환자의 부모와 주기적으로 상의해 환자가 어떤 음식을 먹고 싶어하는지 파악한다는 이 주방장이 항상 지니고 있을 요리책은 다름 아닌 환자의 엄마가 간절한 마음으로 손에 쥐여 준 레시피 적힌 메모지가 아닐까?

간식의 여왕

짭짤한 간식이 눈물 나게 그리워질 때 즈음, 이왕이면 직접 재료를 골라 내 손으로 조금은 건강하고 내 입맛에 맞는 간식을 만들어보자고 생각했다. 그렇게 해서 만들게 된 홈메이드 육포는 생각보다 훨씬 맛있었다.

　주식만큼 간식거리를 입에 달고 사는 나로서는 홈메이드 간식거리를 다양하게 시도해볼 수밖에 없다. 담배를 끊는 것을 세상 그 어떤 것보다 힘들어 하시는 아빠처럼 몸에 안 좋다는 것을 빤히 알면서도 그게 쉽게 입에서 떨어지질 않는 것을 어찌하리. 온갖 종류의 달콤한 쿠키와 캔디, 초콜릿 유의 간식은 물론이고 짭짤하고 바삭바삭한 감자칩이나 질겅질겅 씹을 수 있는 오징어 채와 마른 오징어는 언제나 환영이다. 마음 편히 간식을 즐기는 데 대한 나름대로의 핑계가 있다면, 인생의 큰 즐거움 중의 하나가 먹고 싶은 음식을 마음껏 먹으며 행복을 느끼는 것이 아니겠느냐는 것이다.

　마른 오징어나 오징어 채를 워낙 좋아해 한국에 있을 때는 시도 때도 없이 먹었는데, 미국에 온 후로는 일반 마트에서는 구할 수도 없을 뿐만 아니라, 한국에서보다 훨씬 비싼 가격에 판매하는 한인 마트에서는 사기가 꺼려졌다. 한번은 아쉬운 대로 일반 마트에서 파는 미국산 육포를 먹어봤는데, 플라스틱을 씹는 듯한 질감과 요상한 향에 몇 번 씹은 후에 바로 뱉어버렸다. 한국에서 먹었던 육포는 꽤 맛있었는데 말이다.

　짭짤한 간식이 눈물 나게 그리워질 때쯤, 이왕이면 직접 재료를 골라 내 손으로 조금은 건강하고 내 입맛에 맞는 간식을 만들어보자고 생각했다. 그렇게 해서 만들게 된 홈메이드 육포는 생각보다 훨씬 맛있었다. 정육점에 가는 것이 그렇게 즐거운 일이라고 생각해보지 않았는데, 눈이 휘둥그레질 만큼 다양한 종류의 고기에다, 부위에 대한 자세한 설명은 물론이고 요리하는 방법까지 친절하게 설

명해주시는 주인 아저씨가 운영하는 정육점에 발을 들이고부터는 정육점 방문이 꽤 매력 있고 즐거운 일이 되었다. 그 후 고기를 살 때에는 이미 포장되어 판매하는 대형 마트에서 사지 않고 먼 걸음을 해서라도 정육점에 가서 내가 원하는 부위와 양을 결정해 구입한다. 이렇게 정육점 가는 일에 재미를 붙인 데다가 오랜 시간이 걸려 완성된 육포의 맛도 그럴듯해 자주 만들다 보니 어느새 홈메이드 육포를 만드는 일은 내 취미 겸 특기가 되었을 정도다.

그럼, 홈메이드 육포 만드는 방법과 홈메이드 육포만큼이나 손이 가는 간식인 홈메이드 그래놀라 레시피를 소개한다.

RECIPE

질겅질겅 맛깔스러운
홈메이드 육포

시중에 파는 육포처럼 정형화된 모양새도 아니고 맛도 강하지는 않지만, 적당히 짭짤하고 입에 착 달라붙는 맛이 있다. 홈메이드 육포를 만들어 밀폐 용기에 담아 냉장고에 보관하면 언제든 간식거리로 즐기기에 좋다. 게다가 종이 봉투에 몇 개씩 담아 선물하기에도 좋다.

정육점에서 등심살을 살 때 정육점 아저씨께 최대한 얇게 잘라달라고 부탁 드리자 (직접 잘라야 한다면 냉동실에 넣어 살짝 얼렸다가 날카로운 나이프를 이용해 얇게 자른다). 후추는 통후추를 바로 갈아 넣어야 표면의 질감이 살고 맛도 좋다.

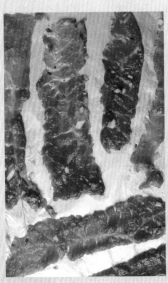

얇게 자른 등심살 450g · 소금 1Ts · 간장 1Ts · 흑설탕 2ts · 마늘 2조각 · 고춧가루 1ts · 후추 1ts

1 등심살에 붙어 있는 지방을 깨끗이 제거한 후 키친 타월을 양쪽에서 덮고 꾹꾹 눌러 물기를 뺀다. 이때 컵 바닥을 이용해도 좋다(이 과정을 통해 고기가 연해진다).
2 마늘을 잘게 다진다.
3 볼에 등심살, 소금, 간장, 설탕, 마늘, 고춧가루, 후추를 넣고 손으로 골고루 무친다.
4 베이킹 팬에 쿠킹 호일을 깔고 카놀라유로 살짝 기름칠을 한다.
5 팬 위에 무쳐 놓은 고기를 한 장씩 나란히 올린다. 고기가 겹치거나 접히지 않게 주의한다.
6 맛이 밸 수 있게 베이킹 팬을 덮지 않은 채로 24시간 동안 냉장고에 넣어 둔다.
7 65~70도로 예열된 오븐에 넣고 3~4시간 정도 굽는다. 중간에 오븐을 열어 상태를 확인한다. 오븐에서 꺼내 충분히 식힌 후에 지퍼 백에 담아 냉장고에 보관한다.

바삭바삭 영양 가득
홈메이드 그래놀라

몸에 좋은 재료가 가득 들어간 그래놀라는 가격이 싸지 않은 편이라서 직접 만들어보기로 했다. 처음 만들 때는 사야 할 재료가 많아 비용이 꽤 많이 들었지만, 한 번 만들어 두면 그 양이 꽤 많아 오랜 기간 동안 먹을 수 있다.

홈메이드 그래놀라는 맛도 특별하지만 만드는 과정 또한 특별하다. 그래놀라가 구워지는 동안 오븐 앞에 앉아 있노라면 따뜻하게 느껴지는 계핏가루 향과 달콤하고 고소한 향이 마음을 굉장히 차분하게 한다.

오트밀 6컵 · 혼합 견과(호두, 아몬드, 피스타치오 등) 1 1/4컵 · 해바라기씨와 호박씨 1/4컵
아마씨 분말 1/3컵 · 계핏가루 3/4ts · 계란 흰자 3개 분량 · 소금 3/4ts · 꿀 3/4컵
올리브유 1/3컵 · 혼합 건과일 1컵(건크랜베리, 건포도, 건체리, 건무화과, 건살구, 건파인애플 등)

1 견과와 건과일을 굵은 크기로 자른다.

2 볼에 오트밀, 혼합 견과, 해바라기씨, 호박씨, 아마씨 분말, 계핏가루를 넣고 섞는다.

3 다른 볼에 계란 흰자와 소금을 넣고 거품이 생길 때까지 거품기로 젓는다. 여기에 꿀, 올리브유를 넣고 섞는다.

4 2에 3을 넣고 오트밀 표면에 재료가 골고루 묻을 수 있게 잘 섞는다.

5 베이킹 팬 2개에 나누어 담고 얇고 평평하게 펴준다.

6 180도로 예열해둔 오븐에 넣고 20분 정도 굽는다. 오븐에서 베이킹 팬을 꺼내 골고루 구워질 수 있도록 뒤집는 듯한 느낌으로 저은 후 다시 오븐에 넣고 10분 정도 더 굽는다. 전체적으로 노릇해지도록 중간에 오븐을 열어 확인하며 저어준다.

7 오븐에서 꺼내 충분히 식힌 후 볼에 옮겨 담아 건과일과 섞는다. 밀폐 용기에 담아 보관한다.

상큼한 레몬은 언제나 냉장고 안에

레몬 두 개를 반으로 잘라 꾹 짜서 즙을 내 그날 기분에 맞는 컵에 담고 뜨거운 물을 부은 후 질 좋은 꿀을 큰 스푼으로 푹 떠서 넣는다. 한 모금 마시는 순간 내 몸에 새 기운을 불어넣는 것만 같다.

해가 가장 짧게 느껴지는 12월, 4시만 되면 어두워지는 이 계절에는 흔히 이야기하는 '겨울 우울증Winter Blues'을 견뎌낼 무언가가 필요하다. 내 경우 길고 긴 겨울의 저녁 시간을 밝혀 주고 건조한 실내 공기에서도 몸속 수분이 마르지 않게 해 줄 수 있는 건 레몬이다.

퇴근하고 돌아오는 길에 집 앞 마트에 들러 단단하고 빛깔 좋은 레몬을 산다. 물을 끓일 동안 레몬 두 개를 반으로 잘라 꾹 짜서 즙을 내 그날 기분에 맞는 컵에 담고 뜨거운 물을 부은 후 질 좋은 꿀을 큰 스푼으로 푹 떠서 넣는다. 한 모금 마시는 순간 내 몸에 새 기운을 불어넣는 것만 같다. 하루의 피곤을 잊기에 충분할 정도로 상큼하다. 커피는 입에 달고 살면서도 매일 레몬 차를 챙겨 먹기는 쉽지 않았는데, '겨울 우울증'을 느끼는 겨울에는 퇴근 후 30분은 순수하게 나를 위해서 혼자만의 레몬 티타임을 갖기로 했다.

일년 내내 쉽게 구할 수 있는 레몬은 사실 겨울이 제철인 과일이다. 실내에서 늘어지기 쉬운 겨울에 먹는 비타민 C 가득한 레몬은 무거운 몸을 산뜻하게 끌어올려 준다. 팔방미인 레몬은 즙에서 껍질까지 버릴 부분이 없기 때문에 다양하게 활용할 수 있다. 비타민 C가 풍부해서 노화도 늦춰주고 유연성을 기르기에도 좋다니 여러 가지 방법으로 응용해서 많이 먹으려고 노력한다.

단단한 레몬의 즙을 낼 때에는 선반 위에서 손으로 레몬을 굴려가며 레몬 내부에 자극을 주면 더 많은 양을 얻을 수 있다. 겨울철에 주로 즐기는, 레몬을 이용해 만드는 몇 가지 레시피를 소개한다.

거꾸로 굽고
뒤집어 먹는
레몬 업사이드 다운 케이크

건강 잡지 『홀 리빙(Whole Living)』 2011년 2월호에 이거다 싶은 레시피가 실렸으니, 상큼한데다 건강까지 챙길 수 있는 '레몬 업사이드 다운 케이크(Lemon Upside Down Cake)'였다. 밀가루 대신 넣은 아몬드 가루 때문인지 케이크의 질감 자체는 독특했지만, 달콤한 디저트를 좋아하는 내 입맛에는 약간 재료가 덜 들어간 듯한 맛이었다. 그렇게 잊어버릴 줄 알았는데 신기하게도 이 케이크는 날씨가 쌀쌀해지면서 가장 자주 굽게 되는 건강한 간식거리가 되었다. 확 당기는 단맛은 없지만 대신 자꾸 생각나는 담백함이 있고, 또 영양가도 높은, 먹고 나면 건강해질 것만 같은 디저트랄까? 토핑으로 올라가는 레몬이 맛을 좌우하기 때문에 맛이 풍부하고 싱싱한 레몬을 구입해야 하며 오븐에서 꺼낸 다음 따뜻한 상태에서 먹어야 맛있다.

무염 버터 2Ts · 황설탕 1/3컵 · 레몬 2개 · 살짝 구운 아몬드 1 1/2컵 · 베이킹소다 1/2ts
소금 1/2ts · 달걀 노른자 4개 · 꿀 1/3컵 · 달걀 흰자 4개 분량

1 레몬을 깨끗이 씻어 씨를 제거하고 최대한 얇게 썰어 둔다.

2 지름 20센티미터 케이크 팬에 버터를 바르고 황설탕을 골고루 뿌린다.

3 그 위에 레몬 슬라이스를 차곡차곡 채운다.

4 오븐에 살짝 구운 아몬드를 푸드 프로세서에 넣고 가루가 될 때까지 갈아준다. 여기에 베이킹 소다, 소금을 넣고 섞는다.

5 볼에 계란 노른자를 풀고 꿀을 넣어 섞은 후 4번의 아몬드 가루 믹스에 넣고 골고루 섞는다.

6 스탠드 믹서나 핸드 믹서를 이용해 계란 흰자가 두 배로 부풀어오를 때까지 휘젓는다. 이때 지나치게 많이 저어 봉오리 모양으로 끈기가 생기지 않도록 주의한다. 5번에 넣고 고무 주걱으로 살살 섞는다.

7 준비해놓은 케이크 팬 위에 반죽을 부은 후 180도로 예열해둔 오븐에 넣고 30~35분 정도 굽는다. 오븐에서 꺼낸 케이크는 팬에 넣은 채로 5분 정도 식힌 후 뒤집어 꺼낸다.

생강을 넣어 특별한
민트 레몬에이드

푹푹 찌는 한여름, 윌리엄스버그에서 예술적인 영감을 잔뜩 받고 돌아오던 길에
지하철 플랫폼에서 우연히 한 길거리 연주가와 마주쳤다. 쾨쾨하고 습기 가득 찬
지하철 안 공기를 시원하게 환기 시킬 것만 같은 톡 쏘는 레몬 같은 상큼한 목소
리가 집에 오는 내내 귓가에 맴돌았다.

집에 돌아오자마자 레몬을 짜서 톡 쏘는 레몬에이드를 만들었다. 사계절 내내 차가
운 음료보다는 따뜻한 음료를 택하는 편임에도 불구하고 싱싱한 레몬을 짜서 바로
만드는 레몬에이드는 여름 내내 우리 집 냉장고에서 떨어지지 않는 음료다.

생강을 넣어 만드는 레몬에이드의 맛과 향은 특별하다. 일반적인 레몬에이드보다
덜 달지만 더 상큼하다. 내 입맛에 꼭 맞는 레몬에이드를 찾기까지 시간이 좀 걸렸
지만 이제 이 레시피 하나면 충분하다.

🥛🥛🥛🥛 총 4컵 분량

잘게 자른 신선한 민트 잎 1/2컵 · 잘게 저민 생강 1/3컵 · 꿀 1/3컵 · 끓는 물 2컵
바로 짜 낸 레몬즙 1/3컵 · 찬물 1 1/2컵 · 얼음 · 민트 잎 약간 · 레몬 슬라이스

1 잘게 자른 민트 잎, 생강, 꿀을 볼에 담는다.

2 여기에 뜨겁게 끓인 물을 붓고 30분 정도 그대로 둔 후 체를 이용해 거른다. 이
때 4컵 분량의 계량 컵을 사용하면 물의 양을 맞추기 편하다.

3 신선한 레몬즙과 찬물을 부어 4컵 분량을 만든다. 병에 담고 뚜껑을 닫아 보관
한다.

4 투명한 컵에 얼음을 담고 3번을 부은 후 민트 잎과 레몬 슬라이스를 띄워 마신다.

레몬 바질 샐러드드레싱

레몬 향과 바질 향이 가득한 샐러드 드레싱은 어떤 종류의 푸른 야채와도 잘 어울려 입맛을 돋우기에 좋다. 바질이 들어간 것은 무엇이라도 좋아하는 내 취향도 반영되었지만 이 드레싱은 어느 요리에나 잘 어울려 감초 같은 역할을 한다. 그중에서도 가장 잘 어울리는 요리를 굳이 꼽자면 치킨 샐러드나 닭 가슴살 요리, 새우, 연어 요리가 좋다. 올리브유는 좋은 품질의 올리브 열매를 딴지 24시간 안에 짜내 향과 색을 간직하고 있는 엑스트라 버진 올리브유를 사용해야 맛이 풍부하고 깊다.

🥛🥛 총 1/2컵 분량

신선한 바질 잎 1/3컵 · 갓 짠 레몬즙 2Ts + 1ts · 꿀 2~3ts · 엑스트라 버진 올리브 오일 6Ts 소금 · 즉석에서 간 후추

1 바질 잎을 깨끗이 씻은 후 푸드 프로세서에 넣고 돌려 잘게 다진다.
2 레몬즙, 꿀, 소금, 후추를 넣고 푸드 프로세서를 몇 번 더 돌려 섞는다.
3 올리브 오일을 넣고 골고루 섞일 때까지 푸드 프로세서를 돌린다.
4 기호에 따라 꿀, 소금, 후추의 양을 알맞게 조절한다(바질 색이 변하기 전에 바로 사용한다).

피클처럼 절인 레몬

야채 절이기의 매력에 빠져 다양하게 만들어보기 전, 가장 쉽게 시작할 수 있는 것이 레몬 절이기였다. 만드는 방법과 재료도 간단할 뿐만 아니라 다양하게 곁들여 먹기 좋으니 절임(pickling) 초  보자가 발을 들여놓기에 이보다 쉬운 게 없다. 레몬을 크게 잘라 소금에 절여 두고 필요할 때마다 잘라서 사용해도 좋고 처음부터 잘게 잘라 절여도 좋다. 절인 레몬은 생선을 구워 먹을 때나 샐러드 위에 뿌려 먹기에 좋고, 닭 요리와도 궁합이 아주 잘 맞는다.

레몬 6개 · 굵은 소금 1/3컵 · 갓 짠 레몬즙 2/3컵

1 레몬 6개를 쓱쓱 문질러 깨끗이 닦는다. 각 레몬을 4등분해 자르는데 꼭지 부분이 떨어지지 않게 주의한다. 볼에 담은 후 소금을 뿌려 섞는다.

2 4컵 크기의 유리병에 레몬을 담는다. 레몬 사이에 빈 공간이 생기지 않게 스푼으로 꾹꾹 누르며 담는다. 그 위에 레몬즙을 붓는다. 병을 꼭 닫고 잘 섞일 수 있게 흔든다.

3 3일 동안 병을 실온에 두고 수시로 흔들어준다. 3일이 지난 후에는 냉장고에 넣고 껍질이 부드러워질 때까지 3주 정도 보관한다. (절인 레몬은 냉장고 안에서 세 달 정도 보관이 가능하다.)

나는 오이를 못 먹지만

'오, 이렇게 달콤하고 감칠맛이 날 수가.' 이게 오이로 만든 피클이라는 것도 잊은 채 야금야금 썰어 먹다 보니 어느새 앉은 자리에서 한 병 가득 담긴 피클을 전부 먹어 치웠다.

특별히 편식하지 않고 어떤 음식이나 잘 먹는 편인데 유독 오이
는 질겁한다. 오이에 알레르기가 있는 건 아니지만 오이를 깨물 때
나는 향에 거부감이 큰 탓에 김밥에 들어 있는 오이는 살짝 빼서 먹
고, 피클을 먹을 때는 오래 발효되거나 맛이 강해 오이 향이 거의 느
껴지지 않는 피클 이외에는 손도 대지 않는다. 좀더 설명하자면, 오
이 마사지는 세상에서 가장 곤욕스럽고, 가장 싫어하는 음식은 단
연 오이 냉국이다. 국물에서 강하게 우러나오는 오이의 향이란 으
악, 정말 상상도 하기 싫다. 더운 여름에는 물 대신 생오이를 아삭아
삭 잘도 씹어 먹는 '오이 친화적인' 우리 엄마 배에서 태어났는데 대
체 왜 오이 향에 거부감이 이처럼 강한 건지 모르겠다.

마이클과 연애하던 시절, 처음으로 시어머니께 인사 드리기 위해
미국에 왔을 때 어머니 댁 냉장고에 있던 브레드 앤드 버터 피클을
처음 먹어 보게 되었다. '오, 이렇게 달콤하고 감칠맛이 날 수가!' 그
게 오이로 만든 피클이라는 것도 잊은 채 야금야금 씹어 먹다 보니
어느새 앉은 자리에서 한 병 가득 담긴 피클을 전부 먹어 치웠다. 미
국에서는 흔하디 흔한 브레드 앤드 버터 피클을 그렇게 좋아하며 먹
는 모습이 인상적이었는지 시어머니는 그 이후로 내가 뵈러 갈 때마
다 2리터는 족히 될 법한 큰 브레드 앤드 버터 피클을 두 병 사 놓으
신다. 한 병은 어머님 댁에 머무르는 동안 먹으라고, 또 한 병은 집
에 가져가라고 말이다. 그 거대한 피클 병은 나이 든 우리 어머니께
서 직접 들기에도 무겁고, 사실 나와 마이클도 집으로 가져오기가
버겁다. 게다가 집 근처에서도 쉽게 구할 수 있는지라 직접 사 먹어

도 되니 준비하지 마시라고 아무리 말씀을 드려도 그때만 고개를 끄덕 하시고는 다음에 뵈러 가면 또 두 병이 놓여 있곤 한다. 넓은 미국 땅에서 가까운 듯하면서도 가깝지 않은 뉴욕과 인디애나의 물리적 거리 때문에 1년에 한두 번 뵈러 가는 게 고작이지만 통화할 때마다 시어머니는 넌지시 말씀하신다. "브레드 앤드 버터 피클 사 놨으니 얼른 놀러 와서 먹어라." 브레드 앤드 버터 피클은 처음 만남부터 지금까지 시어머니와 나 사이를 이어주는, 생각만 해도 마음 따뜻해지는 연결고리가 되었다.

　일반 마트에 파는 브레드 앤드 버터 피클은 얇게 썬 오이의 모양도 일정하고 아삭아삭 달콤하니 감칠맛이 난다. 하지만 항상 냉장고에 넣어 두고 하루에 몇 번이나 먹고 있자니, 그 달콤하고 중독적인 맛과 이상할 정도로 균일한 크기 때문에 과연 많이 먹어도 좋은 것인지 의심스러워졌다. 그래서 파머스 마켓이나 홈메이드 식 재료를 파는 곳에서 직접 만들어 파는 다양한 홈메이드 브레드 앤드 버터 피클을 한 병씩 사서 맛보기 시작했다. 시중에 파는 피클처럼 오이가 일관된 크기로 잘려 있지는 않았지만, 홈메이드 특유의 정돈되지 않은 매력이 있었다. 하지만 안타깝게도 건강을 생각해 설탕을 조금 넣었다고 자신 있게 홍보하는 홈메이드 브레드 앤드 버터 피클은 건강에 좋을지는 몰라도 오이 향이 강하게 나서 내 입맛에 맞지 않았다. 대량생산되는 마트용 피클을 먹다가 전문가가 만든 홈메이드 피클로 전향한 후, 다음 단계는 역시 오이 맛에 민감한 내 입맛에 맞는 피클을 만드는 일이다.

미국 음식에 대해서는 아직 배울 게 너무 많은 나에게 요리에 관한 다양한 조언을 해주시는 중고 요리책 전문 서점 주인 보니 아줌마에게 도움을 요청했다. 브레드 앤드 버터 피클을 집에서 만들어보고 싶은데 초보자에게 적당한 레시피를 소개해달라고. 옛날 레시피 중에는 복잡한 과정이 들어간 것이 많은데 가장 최근에 나온 책 중에 따라하기 쉬운 브레드 앤드 버터 피클 레시피가 실려 있는 책이 있단다. 아직 정식으로 출판되지 않았지만 아줌마가 견본을 갖고 있다는 것. 게다가 이 책에 실린 레시피로는 아줌마가 100퍼센트 보장할 수 있는 맛있는 브레드 앤드 버터 피클을 만들 수 있다는 것이다. 이 책을 쓴 베스 린스키 할머니가 바로 앞서 소개한, 유니온 스퀘어에서 일주일에 두 번 열리는 그린 마켓에서 10년 넘게 직접 만든 잼과 피클을 파는 분이다. 보니 아줌마 설명을 듣자마자 당장에 서점으로 달려가 견본이라고 적힌 책을 공수 받아 내 생애 최초로 브레드 앤드 버터 피클 만들기에 도전했다. 그리고 그 결과는…… 보니 아줌마 말이 맞았다. 새콤달콤 맛있는 피클이 짜잔!

정성이 담긴 새콤달콤
브레드 앤드 버터 피클

○○○○ 8온스 병 3~4개 분량

오이 900g · 양파 반 개 · 굵은 소금 4ts
얼음 · 백설탕 1 1/3컵 · 겨자 씨 2ts
튜머릭 파우더 1/2ts · 셀러리 씨 1/3ts
식초 혹은 사이더 비네거 1 1/2컵

1 오이와 양파는 깨끗하게 씻은 후 얇게 썰어 준비한다.

2 볼에 얼음을 충분히 담고 얇게 썬 오이와 양파, 소금을 넣고 3시간 정도 둔다.

3 체를 이용해 오이와 양파를 거른 후 찬물에 헹군다.

4 큰 냄비에 설탕, 튜머릭 파우더, 셀러리 씨, 겨자 씨, 식초(사이더 비네거)를 넣고 끓인다.

5 끓어 오르기 시작하면 오이와 양파를 함께 넣고 끓인다. 거품이 생기며 끓어 오르면 불을 끈다.

6 깨끗하게 닦은 병에 오이와 양파를 담은 후 국자를 이용해 끓인 액체를 오이와 양파가 충분히 잠길 수 있을 정도로 붓는다. 병 뚜껑을 꼭 닫고 냉장고에 넣어 보관한다.

주말 아침 풍경

우리 집의 일요일 아침 풍경은 알람 소리에 눈을 뜬 후에도 침대에서 조곤조곤
이야기하는 시간이 평일보다 약간 길게 이어져 나른하게 시작된다. 온기 가득한
침대 속에서 잠깐 동안 느끼는 비몽사몽한 기분이 좋다.

사진 찍기에 좋은 빛을 가진, 이제 막 해가 뜨기 시작한 이른 오전, 더욱이 출근 러시 걱정 없는 주말 아침의 거리는 북적거리는 평소와 다른 모습을 포착하기에 완벽한 타이밍이다. 토요일 아침에 느끼는 도시의 모습은 놀랄 만큼 평소와 다르다. 복잡한 도시 이면에 숨겨진 순수하고 깨끗한 모습이랄까? 20대 초·중반에는 주말 밤의 화려함을 즐겼다면 이제는 주말 아침의 고요함과 여유로움이 좋다. 그 모습이 참 매력적이라 주말 아침에도 침대에서 한껏 게으름을 피울 수가 없다. 그건 아마도 이곳에 사는 많은 사람들의 공통점인 것 같다. 주말이니 적당히 게으름을 피워도 될 텐데 이른 아침에 도넛을 사러 가게에 가보면 이미 아침을 먹으러 온 사람들로 북적거리곤 하니 말이다.

일요일 아침, 바나나 하나를 입에 물고 화장기 없는 얼굴에 운동화를 신고 어깨엔 카메라를 메고 이 거리 저 거리를 정처 없이 어슬렁거린다. 방금 일어났는지 삐죽빼죽한 머리 모양도 미처 정리하지 못한 채로 신문 사러 나온 아저씨, 이른 시간임에도 제대로 차려입고 아침 식사 하러 나온 부지런한 커플들, 아기 태운 유모차를 힘차게 밀며 조깅하는 근육질 엄마들…… 이렇게 풍경을 완성하는 사람들을 구경하는 것 만으로도 주말 아침은 꽤 흥미롭다. 그렇게 이곳저곳 돌아다니다 배라도 고파 오면 갓 구운 빵이 차곡차곡 쌓여 있는 아기자기한 카페에 들어가 커피 한 잔을 곁들여 배를 채운다. 특별하지 않은 메뉴라도 마음만큼은 풍족하게, 출근하느라 바쁜 평일에는 즐길 수 없는 소중한 여유를 즐겨본다.

여기까지가 집 밖에서 즐기는 주말 풍경이라면 우리 집의 일요일 아침 풍경은 알람 소리에 눈을 뜬 후에도 침대에서 조곤조곤 이야기하는 시간이 평일보다 약간 길게 이어져 나른하게 시작된다. 온기 가득한 침대 속에서 잠깐 동안 느끼는 비몽사몽한 기분이 좋다. 이때 조금 더 게을러지고 싶은 기분을 뿌리치고 부엌으로 가 간단하게 반죽을 쓱쓱 저어 팬케이크를 굽는다. 구운 즉시 먹는 따뜻한 홈메이드 팬케이크는 참 맛있다.

팬케이크는 보기에는 간단해 보이지만 입맛에 꼭 맞는 레시피를 찾기가 쉽지 않다. 무엇이든 간단하고 기본적인 것을 특별하게 만드는 게 가장 힘든 법. 일단, 팬케이크의 질감을 좌우하는 반죽의 농도가 굉장히 중요하다. 그러면서도 맛이 좋아야 함은 물론이다. 반죽을 섞을 때는 질감이 거칠어지지 않도록 조심스럽게 해야 한다. 무의식적으로 젓다 보면 어느 순간 반죽이 푸석푸석해진 걸 느낄 수 있는데, 그때는 이미 모든 걸 돌이킬 수 없는 상태다. 그래서 항상 덜 섞은 듯한 느낌으로 반죽해야 한다. 여러 번의 시행착오를 거쳐 마음에 쏙 드는 레시피를 발견한 후에는 적당한 온도에서 양면을 노릇하게 고루 구워 내는 것이 관건이다. 적당한 온도로 달궈진 팬 위에 반죽을 올린 후 반죽 표면에 거품이 보글보글 생기기 시작하면 뒤집어 다른 면을 굽는다. 팬이 너무 뜨거워진 상태에서 반죽을 올리면 표면은 타고 안쪽은 익지 않는 절망적인 상황이 발생할 수 있으니 약한 불에서 팬을 달구어야 한다.

얼마 전 한가한 일요일 오전에 친구들을 초대해 풀코스 브런치를

대접했다. 메인 메뉴는 이름하여 '못생긴 영양 만점 팬케이크'. 이 팬케이크는 내가 지금까지 구웠던 팬케이크 중 가장 고급스러운 재료를 쓴 것이었다.

울퉁불퉁 못생겼지만, 몸에 좋은 재료로 만든 건강하고 맛있는 팬케이크. 전날 먹고 남은 오트밀을 처치하기에도 좋은 이 레시피의 매력은 취향에 따라 재료를 선택해 응용하기 좋다는 것. 건과류나 건과일을 기호에 따라 선택해 넣어도 좋다.

우리 식구와 친구들의 일요일 아침을 배 부르게 해 준 『뉴욕타임스』의 전설 마크 비트먼Mark Bittman 아저씨의 미니멀 하면서도 작은 섬세함이 살아 있는 건살구와 아몬드를 넣은 오트밀 팬케이크 레시피와 평소에 마이클과 내가 즐겨 먹는 레시피를 소개한다.

몸에 좋은
오트밀 팬케이크

〜 〜 〜

통밀가루 1/4컵 · 중력분 1/4컵 · 오트밀 1/4컵 · 잘게 자른 아몬드 1/3컵 · 베이킹파우더 1ts
카다몬 파우더 1ts · 소금 3/4ts · 달걀 1개 · 우유 1/2컵 · 이미 조리된 오트밀 2컵
잘게 자른 건살구 1/3컵 · 카놀라유 · 꿀

1 밀가루, 조리하지 않은 오트밀 1/4컵, 아몬드, 베이킹파우더, 카다몬 파우더, 소금을 볼에 넣고 섞는다.
2 다른 볼에 계란을 풀고 우유를 넣고 섞는다.
3 여기에 조리한 오트밀 2컵, 건살구를 넣고 나무 주걱으로 살살 저은 후 1에 넣고 섞는다. 재료가 섞일 정도로만 젓는다. 너무 많이 젓지 않도록 주의한다. 일반적인 팬케이크 반죽 농도와 비슷하게 한다. 혹시 되거나 묽으면 우유나 통밀가루를 약간 더 넣어 농도를 조절한다.
4 팬에 카놀라유를 충분히 두른 후 원하는 크기로 반죽을 올려 중간 불에서 굽는다. 반죽 표면에 공기구멍이 생기기 시작하면 반죽을 뒤집어 다른 면을 굽는다.
5 구운 팬케이크를 그릇에 옮겨 담은 후 위에 꿀을 살살 뿌린다.

전날 밤에 반죽해서
아침까지 발효시키는
가벼운 질감이 매력적인 팬케이크

(이 팬케이크는 토요일 밤에 반죽을 만들어 놓고 일요일 아침에 구워 먹는다.)

〰️ 〰️ 〰️ 〰️
**따뜻한 우유 1 1/2컵 · 인스턴트 드라이이스트 2 1/4ts · 카놀라유 1/4컵 · 달걀 1개
중력분 2 1/4컵 · 백설탕 3Ts · 소금 1ts**

1 볼에 우유, 이스트, 오일, 달걀을 넣고 거품기로 고루 섞는다.

2 남은 가루 재료를 넣고 잘 섞일 정도로만 나무 주걱으로 젓는다. 많이 젓지 않도록 주의한다.

3 비닐 랩으로 볼을 싸서 밤새 냉장고에 넣어둔다.

4 약한 불에서 달군 프라이팬(나의 경우 팬케이크를 구울 때는 주로 바닥이 두꺼운 더치 오븐 팬을 사용한다)에 오일이나 버터를 두른 후 원하는 크기로 반죽을 올려 양면을 노릇노릇하게 골고루 굽는다. 잘 구워낸 팬케이크를 접시에 쌓고 메이플 시럽을 뿌린다.

풍부한 맛과 특이한 질감의
사우어 크림 팬케이크

〰 〰 〰

중력분 7Ts · 백설탕 1Ts · 베이킹 소다 1ts · 소금 1/2ts · 사우어 크림 1컵 · 달걀 2개
바닐라 엑스트랙트 1/2ts

1 볼에 밀가루, 설탕, 베이킹 소다, 소금을 넣고 섞는다.

2 사우어 크림을 넣고 잘 섞일 정도로만 젓는다. 많이 젓지 않도록 주의한다.

3 다른 볼에 달걀, 바닐라 엑스트랙트를 넣어 섞은 후 2번에 넣고 조심스럽게 섞는다.

4 약한 불에서 달군 프라이팬에 오일이나 버터를 두른 후 원하는 크기로 반죽을
올려 양면을 노릇노릇하게 골고루 굽는다. 잘 구워낸 팬케이크를 접시에 쌓고 메이
플 시럽을 뿌린다.

입맛에 맞는 여행

남들과 똑같은 코스를 따라 여행하기보다는 내가 원하는 것을 찾아 떠나는 여행이 오래 기억에 남는다. 비록 보스턴에 머물렀던 시간은 짧았지만 정통 보스턴 크림파이의 맛은 이번 여행의 추억과 함께 오래도록 기억할 것 같다.

젠틀맨 같은 도시, 보스턴에 대한 환상을 오래전부터 마음속에 품어온 터라 뉴욕으로 이사온 후 가장 먼저 가고 싶은 여행지로 꼽은 곳이 보스턴이었다. 주말을 이용한 1박 2일 여행이었는데, 뉴욕에서 차로 왕복 8~9시간이 걸리니 사실 이동 시간을 제외하면 돌아다닐 시간도 많지 않았다.

미국의 전통 디저트에 대해 이런저런 자료들을 찾아보면서 '보스턴 크림파이'처럼 지역 이름이 붙은 디저트들은 꼭 그 지역에 가서 '진짜'를 맛보고 싶었다. 그렇게 해서 계획하게 된 보스턴 여행은 맛있는 음식과 함께하는 미식 여행이 되었다. 일단 그동안 궁금해했던 옴니 파커 하우스 호텔의 정통 보스턴 크림파이, 보스턴에서 유명하다는 빵집 플라워Flour 베이커리의 스티키번, 보스턴에서 놓치지 말아야 할 크랩 레스토랑, 이탈리아인들이 모여 사는 동네의 맛있는 이탈리아 커피가 이번 여행의 주된 목적이었다. 보스턴이나 케임브리지를 찾은 대부분의 여행객들이 중점을 두는 하버드 대학 캠퍼스 구경은 우리에게는 우선 순위가 아니었다. 물론 케임브리지라는 학구적인 도시에 있는 크고 작은 서점은 책을 좋아하는 내가 그냥 지나칠 수 없는 곳이었지만.

점심 즈음 보스턴에 도착한 후 샌드위치 하나를 나눠 먹으며 가볍게 배를 채웠다. 정통 보스턴 크림파이를 먹기 전에는 배가 부르지도, 너무 허기지지도 않을 정도로만 먹어두는 게 예의가 아닐까 싶은 마음에 말이다. 부푼 마음을 안고 시내 한가운데에 있는 옴니 파커 하우스 호텔 앞에 도착했다. 입구에서부터 큼지막한 정통 보스턴 크

림파이 사진이 붙어 있는 것을 보니 제대로 오긴 했구나 싶었다. 역사가 깊은 호텔이다 보니 로비에는 호텔이 지나 온 시간을 고스란히 보여주는 1867년 찰스 디킨스가 머물렀다는 방의 열쇠나 정통 보스턴 크림파이의 과거 흔적을 보여주는 인쇄물이 고풍스럽게 전시되어 있었다. 호텔의 오랜 역사를 떠올리며 감상에 젖은 채로 레스토랑으로 가 보스턴 크림파이와 커피 한 잔을 주문했다. 꿈에 그리던 정통 보스턴 크림파이가 테이블에 도착하고 포크를 집어 한입 베어 물었다. 추운 날씨에 덜덜 떨며 걸어 오느라 차가워진 몸을 녹이기에 충분할 정도로 달콤하고 부드러운, 기대했던 바로 그 맛이었다.

보스턴 크림파이의 달콤함으로 몸을 충전하고 도시 이곳저곳을 돌아다녔다. 특히 골목골목 숨어 있는 중고 서점에 들러 특색 있는 콜렉션을 둘러보는 것이 가장 큰 즐거움이었다. 낡은 책장에 제멋대로 붙어 있는 재치 있는 문구들은 보는 이로 하여금 미소를 짓게 하고, 책장에 줄지어 꽂혀 있는 오래된 책들에서 풍겨 나오는 냄새와 기분 나쁘지 않을 정도의 쾌쾌함은 이상하리만치 내 마음을 차분하게 만들었다.

어느새 저녁이 되고 보스턴에 사는 사람들의 강력 추천을 받은 바킹 크랩The Barking Crab이라는 크랩 레스토랑으로 발길을 옮겼다. 시골에 있는 오래된 레스토랑 같은 세련되지 않은 모습이 오히려 내 눈에는 더 아기자기하니 예뻐 보였고, 크랩 맛은 듣던 대로 훌륭했다. 바 옆자리에 앉았던 뉴햄프셔에서 온 중년 부부와 이야기를 나눴다. 한눈에 봐도 도시에 사는 사람과는 다른 편안함이 느껴졌다.

보스턴에 있는 대학을 다니는 아들의 풋볼 시합이 있어 주말에는 보스턴에 자주 오신다고 했다. 보스턴에 올 때마다 저녁은 무조건 이 레스토랑에서 드신다며, 언제 꼭 한번 뉴햄프셔로 놀러 오라고 하시며 짧은 시간이지만 우리의 투어 가이드가 되어주셨다. 대왕 파리가 많은 6월 중순부터 7월 말은 피하라는 말씀을 덧붙이시며. 그렇게 단정한 도시 보스턴의 세련되지 않은 레스토랑에서 의도하지 않은 또 하나의 인연이 만들어졌다.

어느새 10시가 지나고 이탈리아인들이 모여 사는 노스엔드라는 동네로 건너갔다. 추운 날씨에도 불구하고 토요일 밤이라 그런지 젊음의 열기가 한껏 솟구쳐 있었다. 추운 몸을 녹이고자 눈에 들어온 카페의 문을 열고 들어갔다. 이탈리아인이 운영하는 이 카페는 한눈에 들어오는 내부 분위기부터 심상치 않은 기운이 느껴졌다. 꾸미지는 않았지만 자연스러운 멋과 시간의 깊이가 묻어 나오는 그런 곳이었다. 크고 작은 다양한 커피 도구가 진열되어 있고 늦은 시간임에도 불구하고 사람들로 꽉 차 있었다. 밤 늦게 괜히 커피를 마셨다가 잠만 못 자는 거 아닌가 싶어 잠시 망설이긴 했지만 오묘한 카페 분위기에 취해 나도 모르게 커피 한 잔과 스트로베리 치즈케이크 한 조각을 주문하고 말았다(나의 염려와는 반대로 그날 밤 베개에 머리를 대자마자 곯아 떨어졌지만). 휘핑 크림이 듬뿍 올려져 나온 치즈 케이크와 커피 한 잔을 마시며, 그렇게 보스턴에서의 첫 날을 마무리했다.

이튿날 아침, 눈을 뜨고 창밖을 내다보니 눈이 펑펑 내리고 있었다. 이미 밤 사이에 많은 눈이 내려 길 건너편의 소복하게 눈이 쌓인

풍경은 동화처럼 아름다웠다. 예쁘게 내린 눈 때문에 아침부터 마음이 설레 침대 속에서 더 이상 게으름을 피울 수가 없었다. 점점 거세지는 눈을 맞으며 고요한 일요일 아침의 하버드 대학 캠퍼스를 돌아보았다.

어느새 허기가 느껴져 스티키번으로 유명하다는 MIT 대학 근처에 있는 플라워 베이커리를 찾았다. 수학과 경제학을 전공했던 하버드 졸업생이 졸업 후 제과·제빵을 배워 학교 근처에 베이커리를 차렸다는 영화 같은 이야기다. 맛이 좋아 입소문을 타고 유명해졌고, 지금은 보스턴과 케임브리지 안에 무려 세 개의 분점이 있다고 한다. 또한 작년에는 레시피를 공개한 요리책도 출판되었다. 눈길을 헤치고 베이커리 앞에 도착해보니 이 모든 유명세를 증명이라도 하듯 많은 사람들이 줄을 길게 늘어서 있었다. 빈 자리를 찾는 건 불가능한 일처럼 보였다. 어쩔 수 없이 스티키번 두 개를 사서 근처 스타벅스에 들렀다. 커피 한 모금과 함께 처음 맛본 스티키번은 기대했던 것과 꼭 같이 끈끈하고 달콤했고 기대했던 것보다 더 부드러운 맛이었다. 한 개에 2달러 95센트 하는 스티키번 두 개가 이번 여행의 말미를 멋지게 장식해 주었다.

남들과 똑같은 코스를 따라 여행하기보다는 내가 원하는 것을 찾아 떠나는 여행이 오래 기억에 남는다. 비록 보스턴에 머물렀던 시간은 짧았지만 정통 보스턴 크림파이의 맛은 이번 여행의 추억과 함께 오래도록 기억할 것 같다.

다음 미식 여행으로는, 음…… 저 멀리 음식이 맛있기로 유명한

남부로 내려가 영혼이 담긴 정통 소울푸드를 맛보는 건 어떨까? 아
니면 매콤한 버팔로 윙으로 유명한 버팔로? 혹은 미시시피 머드 파
이를 비롯해 달콤한 디저트로 유명한 미시시피로? 맛을 상상하고
입맛을 다시며 여행을 계획하고 있자면 언제나 생각만으로도 마음
이 부풀어오른다.

빅 애플

여름에서 가을로 넘어가는 그 계절의 하이라이트는 뭐니 뭐니 해도 매끈하고 예쁜 빛깔을 띠는 사과들의 귀환이다. 제철을 만난 사과가 줄줄이 나오는 가을에는 사과와 관련된 다양한 행사들이 있어 구경거리가 많다.

　미국 사람들이 왜 그렇게 애플 사이더에 열광하는지는 모르겠지만 파머스 마켓에 조금이라도 늦게 가면 애플 사이더는 반드시 동이 나 있다. 과수원에서 직접 만든 신선한 애플 사이더를 물 마시듯 하는 마이클에게 어느 날 심각한 표정으로 물어보았다. 사과 주스는 그렇게 마시지 않으면서 발효된 사과 주스 같은 애플 사이더는 뭐가 그렇게 좋으냐고 말이다. 시큼하면서도 달콤하고 시나몬 향이 도는 그 맛이 특별한 이유 없이 좋다는 단순한 답변이 돌아왔다. 거기에 덧붙여 어렸을 때부터 마셨기 때문에 그 추억이 있어 좋단다. 듣고 보니 어느 정도 이해가 되는 것 같다. 마치 내가 명절 때면 빠지지 않고 마셨던 손맛 좋기로 유명한 우리 작은엄마표 식혜에 열광하는 것처럼.

　여름에서 가을로 넘어가는 그 계절의 하이라이트는 뭐니 뭐니 해도 매끈하고 예쁜 빛깔을 띠는 사과들의 귀환이다. 제철을 만난 사과가 줄줄이 나오는 가을에는 사과와 관련한 다양한 행사들이 있어 구경거리가 많다. 오래전에 본 영화 「사이더 하우스」에서 주인공이 과수원에서 반짝반짝 광이 나는 사과를 탐스러운 소리를 내며 따는 모습이 그렇게 좋아 보일 수가 없었는데, 미국에 와서 나도 직접 해볼 수 있었다. 사과를 수확하는 계절에 과수원이나 농장에 가면 누구나 직접 사과를 딸 수 있기 때문이다. 이번 해에 사과와 관련된 행사 중에서 가장 흥미로웠던 것은 브루클린 역사협회에서 열렸던 '빅 애플'이라는 행사였다.

　뉴욕에 와서 운명처럼 만나게 된 친구가 바로 제시카다. 자주 가

는 요리책 서점 주인 보니 아줌마가 나와 관심사가 비슷한 친구를 소개해주고 싶다고, 옛날 미국 디저트에 관심이 많은 둘이 만나면 할 이야기가 많을 거라고 소개해준 친구였다. 소개팅을 주선 하듯이 아줌마가 서로의 연락처를 전달해주셔서 우리는 언제부터인가 이메일을 통해 연락하게 되었다. 그렇게 우연하게 시작된 우리의 관계는 음식 관련 행사에 같이 다니거나 맛있는 디저트 카페를 투어하면서 금세 도타워졌다. 거기에다 제시카는 내가 오래전부터 동경해 왔던 펭귄 출판사에서 디자이너로 오랫동안 일해온 터였다. 덕분에 평생 소원 중 하나였던 펭귄 출판사 뉴욕 사무실을 구경하는 행운까지 덤으로 얻었다! 아무튼 이렇게 인연이 된 제시카는 또 다른 친구를 소개해 줬는데 'Four Pounds Flour 밀가루 4파운드'라는 블로그를 운영하는 사라라는 친구다. 본업은 따로 있는데, 옛날 음식에 관심이 많아 스스로 연구하다 보니 이제는 옛날 음식에 대해서는 전문가 못지 않을 정도로 박식한 친구다. 사라는 자신의 지식을 다른 사람과 나누는 일에도 적극적이라 음식 관련 행사에 발표자로도 많이 참석한다.

사과의 계절인 가을에 열리는 '빅 애플'은 사라가 주최하는 행사로 뉴욕 주에서 재배되는 사과로 만든 애플 사이더, 애플 브랜디, 애플잭 등의 역사 깊은 칵테일을 맛볼 수 있다. 멤버십으로 할인 받은 티켓 30달러로 옛날 레시피를 응용해 사과를 넣어 만든 칵테일 네 잔을 맛볼 수 있는 특별한 기회가 주어진다. 술을 마실 기회가 있으면 칵테일보다는 와인 쪽으로 마음이 기우는 편이라 과연 내가 이 행사를 제대로 즐길 수 있을까 싶었는데, 에너지 넘치는 사라가 주최하는 행사이니 한번 가보는 것도 나쁘지 않을 것 같았다. 사과가 들어간 건 무엇이든 좋아하는 친한 회사 동료 멜리사와 애플 칵테일에 취해보자며 큰 기대 없이 갔던 이 행사는 잠자고 있던 나의 (칵테일) 미각을 깨우는 색다른 경험을 주었다.

눈이 확 떠질 만큼 오래되고 고상한 브루클린 역사협회 건물에 들어가자마자 네 잔의 칵테일을 마실 수 있는 쿠폰과 함께 애플 펀치 한 잔을 받아 들었다. 결론부터 말하자면 갓 딴 신선한 사과를 넣어 만든 이 애플 펀치가 이날 마셨던 칵테일 중에서 가장 맛있었다. 재미있는 이름을 가진 타이거스 밀크 펀치Tiger's Milk Punch는 우유가 들어가니 많이 부드러울 것이라고 예상했지만 한 모금 머금으니 입안이 얼얼해질 정도로 굉장히 센 칵테일이었다. 우리 둘 다 이 칵테일을 마시고 얼굴이 후끈후끈해졌을 정도다. 저지 칵테일Jersey Cocktail은 씁쓸한 약 맛이 나서 이날 '최악 리스트'에 이름을 올렸다. 마지막으로 마치 따뜻한 애플 파이 필링으로 만드는 듯한 애플 토디Apple Toddy는 내 입맛에 꽤 잘 맞았다. 그렇게 홀짝홀짝 네 잔을 마시고 나니 어느새 둘 다 얼굴이 발그레해지고 살짝 취기가 돌았다.

이날의 가장 큰 수확은 뭐니 뭐니 해도 전문 바텐더가 아니고서야 맛있는 칵테일을 만들 수 없을 것이라는 내 마음의 벽을 깰 수 있었던 게 아닐까 싶다. 그것도 내가 좋아하는 사과를 넣어 만든 가을 냄새 가득 담긴 애플 칵테일을 말이다.

샹그리아 같은
애플 펀치

사과 4개 · 레몬 4개 · 미세한 정제 설탕 1컵 · 레드 와인 1병

1 사과와 레몬을 얇게 썬다.

2 큰 볼에 사과 슬라이스를 한 층 깔고 설탕을 뿌리고, 그 위에 레몬을 한 층 깔고 설탕을 뿌린다.

3 이 과정을 반복하되 마지막 층은 사과가 되게 한다.

4 와인을 부어 여섯 시간 정도 실온에 둔다.

5 체를 이용해 사과와 레몬을 거른 다음 액체를 병에 담는다. 그 위에 걸러낸 사과와 레몬 슬라이스를 몇 조각만 올린다.

따뜻한 기운이 도는
애플 토더

사과 3개 · 황설탕 1/4컵 · 시나몬 파우더 1/8ts · 넛멕 1/8ts · 무염버터 1Ts
애플 브랜디 4Ts · 뜨거운 물

사과 굽기

1 오븐을 180도로 예열한다.

2 사과 씨를 제거하고 얇게 썰어 베이킹 접시에 담는다.

3 작은 볼에 설탕과 시나몬 파우더, 넛멕을 섞은 후 사과 위에 골고루 뿌린다.

4 예열된 오븐에 넣고 사과가 부드러워질 때까지 30분 정도 굽는다.

칵테일 만들기

1 구운 사과 슬라이스 몇 조각과 베이킹 접시에 남은 시럽 1Ts 정도를 칵테일 잔에
담는다.

2 애플 브랜디 4Ts을 넣고 뜨거운 물을 잔이 꽉 찰 정도로 붓는다. 이때 물의 양은
기호에 맞게 조절할 수 있다. 시럽과 브랜디, 물이 잘 섞이도록 저어준다.

3 방금 간 신선한 넛멕 가루를 위에 살짝 뿌려주면 맛이 더 풍부해진다.

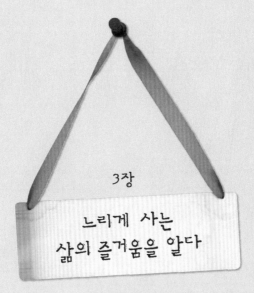

3장

느리게 사는
삶의 즐거움을 알다

텔레비전이 없는 집

텔레비전의 잡음보다는 음악을 듣는 시간이 많아지고, 그러다 보니 자연스레 대화를 더 많이 하게 된다. 이렇게 지내는 게 익숙해지다 보니 텔레비전 있는 곳에서 무의식 중에 들리는 광고 음향이 어색하게 느껴질 정도가 되었다.

MAN BOOKER PRIZE FINALIST

NEVER LET ME GO

KAZUO ISHIGURO

A NOVEL

NEVER LET ME GO A NOVEL KAZUO

우리 집에는 텔레비전이 없다. 한국에서 살 때도 일부러 텔레비전을 두지 않았는데, '무' 텔레비전 생활의 장점을 여러모로 느꼈기 때문일까? 그 이후 텔레비전은 쇼핑 리스트에서 처음부터 제외했다. 집에 텔레비전을 두느냐 두지 않느냐는 취향에 따른 선택임에도 불구하고, 우리 집에 텔레비전이 없다는 사실에 어떤 사람들은 소스라치게 놀라는가 하면, 미개인 보듯이 뚱한 표정을 짓는 사람도 있다. 아무렇지도 않게 잘 살고 있는 우리가 오히려 민망해질 정도로 말이다.

약속 없는 주말에 과자 봉지 하나 들고 텔레비전 전원 버튼을 누르고 나면 눈 깜짝할 사이에 몇 시간이 훌쩍 지나가 버린다. 셀 수 없이 많은 케이블 채널을 여기저기 왔다 갔다 하며 '이 프로그램만 보고 일어날 거야' 하고 하늘에 맹세해 보지만 어림 없는 일, '10분 후에는 정말 일어날 거야' 머릿속에서는 계속 그렇게 외치지만, 몸은 정반대로 반응해 엉덩이를 들어 일어날 의지는 점점 사라지고 몸은 빨랫줄에 널린 옷처럼 축 늘어지고 만다. 그 무기력함이란. 휴, 겨우 텔레비전을 끄고 나서 시간을 확인하면 황망하기 그지없다.

마이클도 결혼 전 나와 같은 생각이었기에 우리는 텔레비전 없이 사는 것이 크게 불편하지는 않을 거라고 서로 안심시키고는 과감히 텔레비전을 놓지 않았다. 어떻게 보면 우리는 텔레비전에 대한 자제 능력이 남들보다 부족한 타입인지도 모르겠다. 아무튼 텔레비전 없이 살게 된 이후, 부모님을 비롯해 친구들이 왜 텔레비전이 없느냐고 물을 때면 집이 좁아서 놓을 곳이 없다고 둘러대곤 했다. 말이 그

렇지 마음만 있으면 벽걸이 텔레비전 정도는 어떻게든 걸 수 있었을 텐데 다만 남들에게 유난스러워 보이는 게 싫어서 굳이 그런 핑계를 댔다.

텔레비전 없는 생활의 가장 좋은 점을 꼽으라면 퇴근 후나 주말에 텔레비전 앞에 슬쩍 앉았다가 순식간에 흘러가버리곤 하던 시간을 책을 읽거나 다른 일을 하며 생산적으로 보낼 수 있게 되었다는 점이다. 텔레비전의 잡음보다는 음악을 듣는 시간이 많아지고, 그러다 보니 자연스레 대화를 더 많이 하게 된다. 이렇게 지내는 게 익숙해지다 보니 텔레비전 있는 곳에서 무의식 중에 들리는 광고 음향이 어색하게 느껴질 정도가 되었다.

물론 그렇다고 세상살이를 등지고 있는 것은 아니다. 우리는 하루 24시간 멈추지 않고 진행 중인 많은 프로그램 중에서 보고 싶은 채널만 선택해서 원하는 시간에 본다. 텔레비전도 없이 어떻게 보느냐고? 요즘이 어떤 시대인가, 인터넷만 연결되면 못 하는 것이 없는 세상 아닌가. 애플사의 예찬자인 우리가 가지고 있는 두 대의 아이북, 아이패드, 아이폰을 이용해 꼭 보고 싶은 프로그램을 찾아 보는 것이 텔레비전 없이 살고 있는 우리의 시청 방식이다. 매일 저녁 시청하는 NBC 뉴스는 아이튠스 팟캐스트를 이용해 바로 볼 수 있고, 보고 싶은 드라마나 쇼가 있을 때는 훌루Hulu라는 웹사이트를 통해 실제 방영일 다음 날 올라오는 파일로 볼 수 있다.

동전의 양면과 같이 어떤 상황에도 장단점이 있기 마련이다. 텔레비전이 없는 삶도 가끔은 불편하다. 한번은 월드컵 축구 경기를 생중

계로 보는 중에 인터넷 연결이 끊겼다 연결되었다를 반복하며 불안정해 애간장을 태웠다. 인터넷 연결 상태나 속도가 우리나라에 비해 불안정하고 느린 미국의 상황을 그러려니 받아들이고 지내 왔지만 그런 긴박한 상황에서는 속 터지게 답답하다. 한번은 주로 시청해 왔던 스포츠 중계 웹사이트에서 한국 경기를 중계해주지 않는 바람에 스페인어로 중계하는 웹사이트에서 알아들을 수도 없는 남미 아나운서의 과장된 감정 표현을 꾹 참아가며 본 적도 있었다.

하지만 불편한 부분에 비해 긍정적이고 만족스러운 면이 훨씬 더 크기 때문에 이 정도의 불편함은 조금 불평은 할지언정 기꺼이 감수할 수 있다. 물론 나중에 아이가 생기고, 텔레비전이 꼭 필요하다고 여겨지면 결국 사게 되겠지만 둘이 지내는 동안은 이런 '무소유'의 여유를 조금도 놓치고 싶은 생각이 없다.

중심을 잡고 균형 있게 사는 것이 그 어떤 곳보다 중요한 뉴욕이라는 큰 도시에서 우리가 스스로 원하는 바를 지키며 살고 있다는 것, 그건 가끔 생각해보면 참 기분 좋은 일이다.

작고 오래된 집을 예찬하다

쥐들이 시시각각 노리는 빈틈투성이인 오래된 이 집이 좋은 이유는 많은 사람들
의 흔적이 남아 있는 이 집에 담긴 이야기를 우리 또한 이어가고 있다는 묘한 쾌
감 때문인 것 같다.

작은 집을 예찬하다

신혼 초 서울에서 잠시 지내는 동안은 둘 다 걸어서 회사에 다닐 수 있는 거리에 위치한 광화문에 있는 복층형의 원룸에서 살았다. 어차피 금방 미국으로 들어갈 예정이었고, 남편이 서울에서 1년간 지내며 사용하고 있던 곳이라 살림살이가 대부분 갖춰져 있어 따로 구입해야 할 것도 별반 없었다. 내 친한 친구들은 다 안다. 내가 어렸을 때부터 신혼 때는 남편과 함께 단칸방에서 작은 교자상을 펴고 살고 싶다는 희한한 판타지를 꿈꾸어 왔다는 것을. 작고 아늑한 방에서 느낄 수 있는 둘만의 친밀감과 애틋한 느낌이 좋았다. 우리의 단기 신혼 집은 조금 좁다는 것을 제외하고는 생활하기에 불편한 점이 없었고, 그렇게 좁은데도 가족이나 친구들을 여러 번 초대하기도 했다.

서울에서 시카고로 옮긴 후에는 그나마 좀 넓은 공간에서 지내다가 다시 뉴욕으로 옮기면서 높은 렌트비의 압박으로 다시 공간을 좁혀야 했다. 삶과 직결된, 매달 내야 하는 렌트비를 생각하면 집 크기는 타협할 수 밖에 없는 일. 뉴욕에서 잠깐이라도 살아본 사람은 알 거다. 터무니없는 크기와 상태의 집들이 렌트비는 입이 떡 벌어질 정도라는 것을. 그리하여, 뉴욕으로 이사하며 많이 버리고 기부하고 왔음에도 한없이 줄어든 수납 공간 때문에 뭘 하나 더 사기라도 하면 공간을 찾느라 있던 물건을 뺐다 넣었다 하며 온갖 애를 쓰게 되었다. 하지만 이런 고충에도 불구하고 신혼 생활을 하기에 작은 집이 좋은 이유는 작은 행동 반경 덕분에 항상 같은 공간에 있을 수밖에 없고 그러니 친밀하게 지낼 수밖에 없다는 점이다. 싸워도 따로 잘 수 있는 방이 없고, 뭘 하든 세트처럼 옆에 붙어서 해야 하니 신혼 기분을 오래 유지하기에도 좋다. 둘 중 하나가 옆에 안 보이면 고개를 빼꼼히 내밀어 아주 조금만 멀리 내다보면 그곳에 있으니까.

현실이 이렇다 보니 결혼 전에는 잔소리를 들어가면서도 무조건 사고 모으며 살아 왔던 내 생활 방식이 조금씩 달라지기 시작했다. 사기 전에 꼭 한두 번 더 생각해보게 된 것이다. 내가 이걸 사면 어디에 두어야 할까? 이걸 사면 뭘 버려야 할까? 아무리 효율적으로 수납 공간을 활용하고 있다고 해도(사실 난 현재 작은 우리집의 구석구석 빈틈없는 수납 방식에 100퍼센트 자부심을 느끼고 있다) 우리가 가진 물건에 비해 기본적인 공간이 좁은 건 분명한 사실. 그래서 이제는 하나를 사면 하나를 버려야 하기에 합당한 목적이 없는 물건은 절대 구입하지 않는다는 나만의 법칙이 생겼다. 물론 아주 가끔씩은 이 법칙이 물거품처럼 사라질 만한 구차한 변명이 생기기도 하지만 쇼핑을 즐겼던 예전에 비하면 요즘은 마치 무소유의 삶을 살고 있는 듯한 기분이 들 때도 있다.

한국에 있을 때 케이블 채널을 돌리다 우연히 「오프라 윈프리 쇼」에서 '정리 전문가'가 집 정리를 못하는 사람들을 도와주는 걸 보았는데, 물건을 버리지 못하고 집에 쌓아둔 채 살고 있는 사람들이 굉장히 많다는 사실에 놀랐다. 쇼가 끝나고도 정리 전문가의 말이 가슴에 비수가 박히듯 잊히질 않았는데 그건 바로 2년 이상 입지 않은 옷이나 사용하지 않은 물건을 버리지 '못 하는' 심리 또한 정신병의

일종이라는 것이었다. 그 당시 나는 결혼 전이어서 친정에서 살 때였고, 몇 년 동안 입지 않던 옷이나 신지 않는 신발도 언젠가는 필요할 거라는 강력한 믿음으로 집 안 곳곳에 내 수납 공간을 만들어 쟁여두고 있었다(지금 생각해보면, 그 이후에도 전혀 입거나 신지 않았던 것 같다). 한술 더 떠서 있는 물건을 버릴 생각은 안 하고 새 물건을 열심히 사들이던 나로서는 이 프로그램에서 다룬 내용이 꽤 충격적이었다. 사기는 쉬워도 버리기는 왜 그렇게 힘들었는지.

하지만 작은 집에서 살다 보니 자연스럽게 상황에 적응하게 되어, 절대 할 수 없을 것만 같았던 '잡동사니 사지 않고, 쿨하게 버리면서 살아갈 수 있는 능력'이 조금은 생긴 것 같다. 아이쇼핑만으로도 충분히 즐거워 할 수 있게 되었는데, 새 궤도에 오른 이 생활 방식 덕분에 기분이 꽤 상쾌하다.

오래된 집을 예찬하다

지금 우리가 살고 있는 집을 결정할 때 가장 마음을 사로잡았던 것은 오래된 나무 바닥과 엄청나게 높은 천장이었다.

1902년에 지어졌다는 우리 집의 오래된 바닥은 기품이 느껴지는 노신사 같다. 작은 나무 판자가 연결되어 있는 가장자리에는 못 자국이 그대로 드러나 있고, 시간을 가늠할 수 있을 만큼 군데군데 나무가 깨져 갈라진 틈이 보이기도 한다. 짙고 어두운 갈색 톤의 나무에 중간중간 이어져 있는 시대를 엿볼 수 있는 패턴들, 가끔 삐걱대는 부분도 있지만 가짜 나무로 흉내 내듯 만든 것이 아닌 묵직한 느낌이 그대로 남아 있는 오리지널 나무 바닥이 참 좋다.

부동산 중개인과 함께 이 집에 들어서는 순간 가장 인상적이었던 부분이 바로 내 키의 세 배쯤은 될 것 같은 높은 천장이었다. 벽과 천장이 닿아 있는 부분의 장식적인 몰딩에서도 오래된 시간의 흔적이 묻어났다. 이 동네에 줄지어 있는 오래된 타운하우스의 1층은 대부분 오래전 손님을 접대하는 공간이나 연회장으로 쓰였기 때문에 천장이 상당히 높은 편인데, 그런 이유로 매물로 나와 있던 이 1층 집은 전부 둘러보기도 전에 마음이 갈 수 밖에 없었다. 서울에서 잠깐 신혼생활을 할 때도 복층집의 높은 천장이 좋았고, 시카고에서 집을 구할 때도 천장이 높은 집만 골라서 보았다. 천장이 높으면 같은 공간이라도 굉장히 넓게 느껴진다는 장점을 몸소 경험했기 때문에 천장이 최대한 높은 집이 우리에게는 중요한 조건이었다.

내 나이보다도 훨씬 더 오래된 집이라 처음 이사했을 때는 감수해야 할 일들이 꽤 있었지만 이 집에서만 맡을 수 있는 깊고 오래된 냄새가 좋다. 모던하게 새로 지은 콘도나 아파트도 거리에 넘쳐나는데 굳이 쥐들이 시시각각 노리는 빈틈투성이인 오래된 이 집이 좋은 이유는 많은 사람들의 흔적이 남아 있는 이 집에 담긴 이야기를 우리 또한 이어가고 있다는 묘한 쾌감 때문인 것 같다. 낡고 오래되어 페인트 칠이 벗겨진 우리 집 창틀을 통해서 보는 우리의 일상은 오랜 시간 셀 수 없이 많은 사람들이 거쳐갔던 것처럼 이 집 역사의 한 장을 장식할 것이라는 낭만적인 생각. 좁지만 낭만이 가득한, 우리 할머니보다도 나이가 훨씬 많은 이 집에서 오랫동안 살고 싶다.

낡고 오래된 것에 대한 단상

백 년 전 헤밍웨이도 쓰던 수첩이라는 사실에서 이미 오래된 향기가 느껴진다.
1년에 한두 개씩 쌓여가는 검정색 몰스킨 수첩의 모서리가 바래고 낡아서 내 흔
적이 남아 있는 그 모습 그대로가 좋다.

어릴 적에는 새 수첩을 구입하면 행여나 닳을까 봐 조심스럽게 사용하곤 했다. 가방에 넣었을 때 다른 물건과 부딪혀 모서리가 닳지는 않을까, 수첩 안 종이가 접히지는 않을까, 때가 묻지는 않을까 하는 사소한 것들에 대한 결벽증 때문에 새 수첩을 사용하기 시작한 후 얼마 동안은 조마조마한 마음으로 금이야 옥이야 다뤘던 걸 생각하면 지금도 웃음이 나온다. 어차피 내가 쓰기 시작한 순간부터는 새 수첩이 아닌 것을, 내 손길이 닿아 때가 묻고 자연스럽게 낡은 것이야말로 내 이름을 적지 않아도 내 소유의 물건임을 보여준다는 사실을 그땐 왜 놓치고 있었을까? 한 장 한 장 빼곡히 채워진 페이지마다 나의 기억이 기록되어 있다는 것을 말이다.

새 수첩에 대한 나의 결벽증을 단번에 날려준 것은 바로 몰스킨 수첩이었다. 수첩을 감싸고 있던 비닐 포장을 뜯었을 때 단정한 신사처럼 말끔한 모습을 드러내는 첫 인상도 좋지만, 사용할수록 그 중후함을 더해가는 것이 바로 몰스킨의 매력이다. 100년 전 헤밍웨이도 쓰던 수첩이라는 사실에서 이미 오래된 향기가 느껴진다. 1년에 한두 개씩 쌓여가는 검정색 몰스킨 수첩의 모서리가 바래고 낡아서 내 흔적이 남아 있는 그 모습 그대로가 좋다. 아이폰에 내장되어 있는 메모장에 손가락으로 타닥타닥 두드려 입력하는 것보다 연필로 사각사각 노트 위에 적으며 느끼는 감성이 좋다. 모든 게 편하고 빠른 디지털 시대에 살고 있으면서도 아날로그가 주는 낭만이 좋고, 또 그립다.

우리 집 벽 한쪽에는 크기가 꽤 큰, 아주 오래된 앤티크 상자가 놓여 있다. 4년 전쯤이었을까? 명절 보너스를 받아 즐거운 마음으로 마이클과 퇴근하던 길에 인사동에 있는 고가구 파는 가게에 들렀다가 표면이 갈라지고 곳곳이 떨어져 나간 이 검정색 앤티크 상자를 발견했다. 상자를 열어보니 '저 거의 부서지기 직전이에요'라고 말하는 듯했을 정도로 그 내부는 연약하기 그지없었다. 주인 아저씨는 추석 연휴가 시작되기 전날 저녁에 가게를 찾은 우리에게 어떻게든 이 상자를 팔고 싶으셨는지 있는 자랑, 없는 자랑을 쉴 새 없이 늘어놓으셨지만, 사실 우리는 이 상자를 발견한 순간 이미 단번에 마음을 빼앗겼다. 당시 우리는 둘만의 타임캡슐을 만들자고 이야기해오던 때라 이 상자야말로 우리의 추억을 담아두기에 좋겠다는 생각이 들었다. 그래서 싸지 않은 가격에도 불구하고, 덥석 사버렸다.

서로 주고받은 카드와 편지 들, 함께 여행했던 곳의 추억이 담겨 있는 지도와 메모 들, 함께한 이후 가족이나 친구들에게 받은 카드들, 결혼식 테이블 세팅을 위해 우리가 산에서 직접 주워 장식한 솔방울들…… 이 상자 속 물건들은 남들에게는 아무 의미도 없겠지만 우리만 아는, 우리가 함께했던 시간이 고스란히 담겨 있다. 몇 번의 이사를 하는 동안 조심한다고 했는데도 우리의 추억 상자는 표면 곳곳에 떨어져나간 상처가 점점 늘어났다. 우리는 이따금 이 상자를 열어보곤 하는데 아직 생생하게 기억하고 있는 추억들도 간직해 온 물건들로 마주하면 더 아득하게 다가온다. 역사를 알 수 없는 이 묵은 상자 안에 현재형으로 담기는 우리의 기억들이 이 상자를 더 의미 있게 만드는 것 같다.

얼마 전에 현대 미국의 문화 현상을 다룬 책에서 '경제 상황이 좋지 않을수록 도시에 사는 사람들은 오래된 것, 옛 것으로 돌아가고 싶어하는 경향이 있다'는 내용을 읽은 적이 있다. 그래서 미국의 경제 상황이 바닥을 친 최근 몇 년 동안 젊은 층에서 눈에 띄게 핸드메이드 상품의 판매가 급격히 늘어났는가 하면, 복고 패션이 유행하고, 옛날 사람들이 했듯이 집에서 직접 과일 잼을 만들거나 피클을 담그고, 몇 십 년 전에 유행했던 컨트리 음악이나 블루스, 포크 음악을 즐겨 듣고, 투박하고 기름진 옛날 시골 가정식을 그리워하고, 미용실이 아닌 거친 분위기의 이발소에서 머리를 자르는 것이 젊은 남성들의 트렌드가 되고, 한 땀 한 땀 정성과 시간을 다하는 손뜨개붐이 일었다고 한다. 그 책의 저자는 이러한 다양한 예시들을 통해 오래된 것에 대한 그리움은 향수 이상의 문화적인 현상으로 사회적 분위기와도 연결되어 있다는 이야기를 하고 있었다.

마이클이 오래전부터 다녔다는 이스트 빌리지에 자리 잡고 있는 프리먼스 스포팅 클럽이라는 이발소에 함께 갔다가 나는 벌어진 입을 다물 수가 없었다. 우리나라로 치면 맞춤 양장점과 같은 옷 가게에 들어서면 그 끝자락에 같은 이름의 이발소로 들어가는 입구가 있다. 옷 가게도 이발소도 전체적으로는 시골의 오래된 가게 같은 분위기를 풍기고 있지만 안에 있던 사람들 때문에 입이 떡 벌어졌다. 마치 뉴욕에서 내로라하는 멋진 남자들을 모두 이곳에 모아놓은 것처럼 모델 포스를 풀풀 풍기는 젊은이들이 할아버지들이나 갈 것 같은 이 작고 오래된 분위기의 이발소에서 (심지어 가격도 비싼!) 머리를 자르기 위해 줄을 서서 기다리고 있었던 것이다.

　어쩌면 현재의 내가 바로, 내가 읽었던 책의 지은이가 말하는 바로 그 문화 현상 속에 있는 건지도 모르겠다. 20대 초반에만 해도 전혀 느낄 수 없었던 낡고 오래된 것에 애틋함을 30대 초반인 내가 느끼고 있다. 이런 모습은 나이가 들어가면서 느끼는 나만의 특별한 감정이 아니라 경제 상황이 좋지 않은 오늘날과 같은 디지털 시대에 아날로그를 그리워하는 우리 세대 일반의 현상인지도 모르겠다.

서툴지만 의미 있는 시작

환경을 생각하고 실천하는 것은 벼락치기가 되어서는 안 된다. 많은 사람들이 조금씩 '그린'을 실천하기 시작한다면 그 결과는 엄청날 것이라고 믿는다. 그 엄청난 결과는 모두 우리에게 돌아올 테고 말이다.

오래전부터 조금씩 자각하기 시작했지만, 결정적으로 더 이상은 안 되겠다라고 생각한 건 얼마 되지 않았다. 대학교 졸업 전시회에는 마음 맞는 친구들과 함께 환경오염 반대 캠페인을 디자인하기도 했다. 당시에는 열정을 가지고 작업했지만 그 후 오랜 시간이 지난 지금, 나는 그동안 환경오염에 대해 어떤 마음을 가지고 지내왔는지 내 자신을 다시금 돌아보게 되었다. 미디어에서 귀에 못이 박히게 들었던 기후 변화를 사실 최근 몇 년간 몸소 느끼기는 했지만, 어차피 나 하나 변한다고 크게 달라지지는 않을 거라는 생각으로 특별히 환경오염을 줄이기 위한 그 어떤 작은 노력도 하지 않았다. 갈수록 날씨가 왜 이렇게 들쑥날쑥한지 자주 투덜대기는 했어도 카페에서 커피를 마실 때에는 커피 잔보다 종이컵이 주는 느낌이 좋아 따로 종이컵을 주문할 정도였다. 그나마 내가 환경을 위해 무언가를 하고 있다고 자부했던 건 쓰레기 분리수거 정도였을 뿐.

쓰레기를 줄여야겠다고 구체적으로 생각하게 된 계기가 있다면 몇 달 전 '언제나 내 곁에'인 다용도 키친타월의 소비량을 자각하게 된 순간이었다. 집을 작업실 삼아 작업하다 보니 도구를 사용한 후 닦는 일에 민감해질 수밖에 없다. 물로는 닦이지 않는 유성 잉크를 닦아내려면 어쩔 수 없이 화학용 액체를 사용해야 했고, 그러다 보니 닦은 후 바로 버릴 수 있는 키친타월은 필수품이 되었다. 검은색 잉크를 사용했던 어느 날 무아지경 상태로 열심히 문질러 닦다 보니 맙소사, 좀 전에 새로 꺼낸 새 키친타월 한 롤을 어느새 다 쓴 게 아닌가. 그 아찔했던 순간이 결과적으로는 큰 숨 들이마시며 생각할

기회를 주었다. 그 전까지는 특별히 자각하지 못하고 집 안 여기저기
에서 많이 사용해왔던, 우리 집의 지출 목록 중 많은 부분을 차지하
는 것이 바로 키친타월이었다. 그렇게 우연히 쓰고 바로 버려지는 쓰
레기의 양이 얼마나 많은지 깨닫고 나니 뭔가 다른 방법이 필요하다
는 생각이 들었다.

그러고 보면 엄마는 항상 행주를 사용했다. 싱크대 주변의 행주
걸이에는 항상 젖은 행주가 걸려 있었다. 엄마가 처음 우리의 신혼
집을 방문했을 때 행주가 없는 부엌 살림에 깜짝 놀라 다음 방문 때
기능성 행주를 몇 개씩 가져다 주기도 했다. 사실 젖은 행주는 위생
을 위해 매번 말려야 하고 조금이라도 더러워지면 바로 세탁기를 돌
려야 하니 갓 살림을 시작한 나로서는 신경도 많이 쓰이고 귀찮다고
생각했다. 그래서 엄마가 사다 준 행주는 싱크대 아래에 깊숙이 넣
어두고 그 이후로도 주방에서는 보송보송한 상태로 바로 뜯어 쓰고
쓰레기통에 던져 버리면 되는 키친타월을 썼다. 나쁜 습관은 왜 그
렇게 쉽게 익숙해지는지.

쓰레기를 줄여야겠다고 마음을 먹고 구체적으로 어떻게 실천
할지 머릿속에 대강의 리스트를 만들고 있던 중에 친구를 만나 나
의 비밀스러운 계획을 이야기했다. '그린'을 실천하기에는 한참 초보
인 나는 혼자 결심하고 실천할 자신이 없고, 또 혼자서는 스스로에
게 엄격해지기 어려울 것 같아서 주변 사람들에게 그린 실천을 '공식
화'하기로 한 것이다. 내 이야기를 한참 듣고 난 친구가 한 다큐멘터
리를 추천해주었다. 이름하여 「노 임팩트 맨No Impact Man」. 몇 년 전

에 미디어에서 꽤 화제가 되었다는, 뉴욕 맨해튼 한복판에 사는 한 남자가 그의 가족과 함께 환경을 생각하며 구체적으로 실천해가는 1년간의 과정을 담은 다큐멘터리였다. 여러 단계로 '그린'을 실천할 수 있는 구체적이고 전문적인 계획을 세운 주인공은 본인 스스로 결심하고 시작한 대단한 계획들을 실천하며 의미를 찾는다. 중간 중간 좌절하며 의심하고, 그러다 또 다시 의미를 찾는 이야기다. 뉴욕이라는 대단히 소비적인 도시에서 그런 결심을 한 용기가 인상 깊었다.

주인공의 계획을 짧게 설명하자면 대략 이렇다. 대기오염의 주범인 대중교통을 이용하지 않고 걷거나 자전거를 타고, 쓰레기 양을 줄이기 위해 딸의 일회용 기저귀를 천 기저귀로 교체했다. 전기 사용량을 줄이기 위해 밤에는 조명을 켜지 않고 촛불을 켜고, 슈퍼마켓에 가면 비닐로 싸여 있거나 일회용 용기에 담겨 있는 것은 구입하지 않는다. 현재 우리가 살고 있는 이 시대에는 영 불가능해 보이는 주인공의 힘든 생활을 지켜보며, 아주 옛날 사람들은 단순한 삶을 살아왔다는 사실에 마음이 숙연해지기도 했다. 「노 임팩트 맨」은 그어떤 저명한 학자의 환경오염 이론이나 환경주의자의 극단적인 활동보다 내 마음속 깊숙한 부분을 건드렸다. 또 주인공처럼 '임팩트 있게' 실천은 못하겠지만 나도 내 상황에 맞게 나름대로 '그린'을 실천해볼 수 있을 것 같은 용기를 얻을 수 있었다.

다큐멘터리를 보기 전부터 쓰레기를 줄여야겠다고 생각해오고 있었기 때문에 일단 생활에서 쓰레기를 줄일 수 있는 작은 시작의 발걸음을 내딛었다. 가장 먼저 실천한 행동 강령은 변화의 동기가 된 키친타월 사용량 확 줄이기. 우선 엄마가 가져다 준, 몇 년 동안 싱크대 밑에 방치해 두었던 행주를 꺼내 주방에서 사용하기 시작했다. 또 청소용으로 나온 저렴한 걸레를 여러 장 구입해 작업 후에 남은 유성 잉크를 닦기 시작했다. 그리고 닦기의 마지막 단계에 단 한 조각의 키친타월만 사용하기, 잉크로 더러워진 걸레는 봉지에 모아 일주일에 한 번씩 따로 세탁하기를 실천했다. 그렇게 하다 보니 한 달 후에도 여전히 지난 번에 구입한 키친타월이 남아 있었고 그것은 나 스스로를 놀라게 했다.

그 밖에도 카페에서 커피를 테이크 아웃 할 때 항상 내 텀블러 가져가기(마시고 바로 버려지는 종이컵과 종이컵 홀더 모두 내 작은 실천으로 인해 한 개씩 덜 소비된다는 생각에 뿌듯하다), 장보러 갈 때는 무조건 장바구니를 들고 가기(집에 오면 바로 쓰레기통으로 향하는 두 겹씩 싸주는 비닐 봉지의 양을 줄일 수 있다), 포장되어 있지 않은 과일이나 야채를 살 때 꼭 필요한 경우를 제외하고는 개별 봉지에 따로 담지 않기(장바구니 밖으로 삐죽 내밀고 있는 사과나 파를 보면 괜히 스스로 우쭐해진다), 음식물 쓰레기를 줄이기 위해 먹을 양을 고려해 남지 않게 구입하고 음식을 절대 남기지 않기(사실 예전부터 음식물 버리는 걸 끔찍하게 싫어해 이 부분은 실천하기 비교적 수월했음을 밝혀두고 싶다) 등이 있다.

쓰레기가 많이 생기는 것은 그것을 만들어 내는 우리나 많은 쓰레기를 고스란히 담아야 하는 자연, 그 어느 쪽에서도 반길 일이 아니다. 그리고 환경을 생각하고 실천하는 것은 벼락치기가 되어서는

안 된다. 나도 계속 이 마음을 되새기며 소심한 실천을 하려 한다. 많은 사람들이 조금씩 '그린'을 실천하기 시작한다면 그 결과는 엄청날 것이라고 믿는다. 그 엄청난 결과는 모두 우리에게 돌아올 테고 말이다.

나의 다음 실천 계획은 전철이나 버스 대신 자전거를 타거나 걷는 것이다. 뉴욕에서 자전거를 타며 살아남기 위해 우선 튼튼하고 눈에 잘 띄는 노란색 헬멧을 하나 구입해야겠다.

프랑스 여자처럼 나이 들고 싶다

흰머리가 얼마나 늘어가는지, 얼굴에 주름이 몇 개나 늘었는지보다 중요한 건 살아 온 시간만큼 내면에 얼마만큼의 여백이 남아 있는가다. 그리고 그 여백의 아름다움과 깊이는 공들여 외모를 꾸미지 않아도 자연스럽게 우러나와 보이는 것이 아닐까 싶다.

내게는 앤 브리짓이라는 친구가 있다. 마이클을 통해 그녀를 처음 만난 건 몇 년 전이었는데, 처음 인사를 나눌 때부터 웬지 모를 우아한 분위기가 풍겼다. 워낙 키 크고 마른 데다가 얼굴도 예뻐서 첫 인상이 인상적이었나 보다 생각했는데 그것만은 아니었다. 태도와 말투에서 자연스럽게 풍겨 나오는 무언가가 있었다. 그 이후 만나면 만날수록 그녀가 가진 알 수 없는 멋들어진 자태의 비결이 궁금했다. 그리고 드디어 그것이 무엇인지 알게 되었다. 그녀가 '프랑스 여자'라는 것, 바로 그거였다.

나는 오랫동안 프랑스 여자에 대한 환상을 품어왔다. 그 시작은 바로 프랑스 여배우 줄리 델피였다. 나의 좋아하는 영화 리스트 꼭대기에 자리 잡고 있는 영화는 「비포 선라이즈」로 시작해 「비포선셋」으로 마무리된다. 로맨틱한 스토리도 좋아하지만 영화 속의 두 주인공에 큰 애정을 가지고 있다. 내가 오랜 시간 에단 호크를 흠모하고 있었다는 건 만인이 다 아는 이야기다. 몇 년 전 첼시에 있는 카페에서 마이클, 친구와 함께 점심을 먹다가 남루한 옷차림에도 불구하고 광채를 뿜으며 카페 안으로 들어오는 에단 호크를 보고 온몸이 후들거릴 정도였다. 그 후에는 음식이 입으로 들어갔는지 코로 들어갔는지 기억도 안 날 정도로 혼자서 진땀을 빼고, 떨리는 마음에 팬이라고 말 한마디 건네지도 못했다. 다시 본론으로 돌아오면, 「비포 선라이즈」가 개봉한 나의 고교 시절, 나는 영화 속 줄리 델피의 말투와 작은 몸짓에서 뿜어 나오던 우아하고 자신 있는 분위기에 매료되었다. 그리고 그런 줄리 델피는 당시 어린 나로 하여금 프랑스 여자에 대한 환상을 갖게 하기에 충분했다.

앤 브리짓이 다리에 문제가 있어서 수술을 하고 목발을 짚고 다닐 때 그녀의 집으로 저녁 초대를 한 적이 있다. 붕대를 감은 다리에 무릎 위로 살짝 올라가는 쉬폰 재질의 하늘하늘한 에메랄드 색 원피스를 입은 모습이 그렇게 아름다울 수가 없었다. 와인을 몇 모금씩 마신 후 다들 기분이 좋아지기 시작할 때쯤 흥겨운 음악이 흘러나오기 시작했고, 그녀는 그 리듬에 따라 춤을 추기 시작했다. 길고 가녀린 팔 다리의 움직임은 빈 공간에서 더 아름다워 보였다. 그녀의 얇은 다리에 감긴 붕대는 마치 의미 없는 액세서리처럼 보일 정도였다. 세대가 다른데도 불구하고, 또 취향이 꼭 맞는 것도 아니지만(특히 나는 밀가루로 만든 모든 음식을 끔찍하게 좋아하지만 앤 브리짓은 밀가루 알레르기가 있다) 내가 앤 브리짓과 친구가 될 수 있었던 이유는 아마도 내가 그녀의 멋지게 나이든 모습들 동경했기 때문이리라. 40대 후반이라고 결코 믿어지지 않는 그녀의 열정과 에너지, 지적이고 자기 관리에 철저한 모습을 보면 나이는 정말 숫자에 불과하다는 말이 딱 들어맞는다는 생각을 하게 된다. 내면에 담겨 있는 아름다운 에너지가 밖으로 흘러나와 노 메이크업인 얼굴에 보이는 주름 정도는 아무것도 아닌 것처럼 느껴질 정도로 그녀는 아름답다.

이런 환상이 있는 나에게 2년 전 『뉴욕타임스』에 실려 내 눈길을 단박에 사로잡은 칼럼이 있었으니 그건 바로 「프랑스 여자처럼 우아하게 늙어가기」다. 나뿐만 아니라 많은 미국인들이 프랑스 여성에 대한 환상이 있기에 이 칼럼은 신문에 실린 후 많은 사람들의 관심

을 받았다. 나 또한 이 기사를 재미있게 읽었지만, 사실 이 기사는 내면의 아름다움보다는 외적인 아름다움에 비중을 두고 프랑스 여자처럼 품격 있게 늙어가기 위한 여러 가지 지침을 제시한 것이었다. 다른 사람들을 신경 쓰지 말고 나 자신을 더 소중히 하고, 항상 같은 몸무게를 유지할 수 있게 하라. 주름을 가리기 위한 무거운 메이크업은 주름을 더 강조할 수 있으니 자연스러움을 유지하라. 스스로를 섹시하게 생각하고, 피부의 순환을 돕기 위해 샤워의 마지막 단계에서는 꼭 찬물로 몸을 헹구라는 것 등. 아름답게 늙고 싶은 것은 모든 여자들의 바람일 것이다. 이 기사를 읽은 이후로 나 또한 되도록이면 지키고자 하는 것이 있다. 어젯밤에도 샤워를 마칠 때 괜한 의무감에 덜덜 떨며 찬물을 틀었다. 머릿속이 띵해질 만큼 차가웠지만 욕조에서 나올 때의 기분은 굉장히 상쾌했다.

흰머리가 얼마나 늘어가는지, 얼굴에 주름이 몇 개나 늘었는지보다 중요한 건 살아 온 시간만큼 내면에 얼마만큼의 여백이 남아 있는가다. 그리고 그 여백의 아름다움과 깊이는 공들여 외모를 꾸미지 않아도 자연스럽게 우러나와 보이는 것이 아닐까 싶다. 젊음은 찬란하지만 차곡차곡 쌓여가는 나이에서 우러나오는 아름다움에는 깊이가 있다.

갓 대학에 입학했을 때 교정에서 졸업 사진을 찍는 선배들을 보며 20대 중반은 세상을 다 아는 나이일 거라고 생각했고, 20대 중반에는 서른이라는 숫자는 딴 세상 이야기처럼 너무 멀게 느껴졌고 서른이 되면 내 인생이 끝날 것만 같았다. 하지만 20대 후반을 보내면서 나는 갑자기 모든 것을 뛰어넘어 어서 30대 중반이 되면 좋겠다고 꿈꾸기 시작했다. 나를 둘러싼 모든 상황을 탄력 있으면서도 고요하게 받아들일 수 있는 대담한 여유가 생길 것만 같은 나이. 인생에서 '안정'이라는 건 정도의 차이가 있긴 하겠지만 자신 있게 '난 현재 완벽하게 안정된 상태야'라고 말할 수 있는 시기는 아마 없을 것이다. 항상 새로운 미래를 향해 앞으로 나아가고자 할 것이기 때문에……. 서른을 앞두고 친구들이 안절부절할 때 별다른 감정의 요동 없이 서른을 찍고 30대 초반이 된 지금, 나는 내 나이 서른여덟이 기대된다. 서른여덟에는 내가 나 자신을 자랑스럽게 바라볼 수 있기를, 이후의 삶을 여백 있고 산뜻하게 살아갈 수 있기를 바란다.

고맙습니다

지인에게 선물을 보내거나 저녁 식사에 친구들을 초대하면 며칠 뒤에는 감사 카드가 도착한다. 거창한 문장으로 긴 편지를 쓴 것도 아니고, 그저 간단하게 고맙다는 말 한마디를 쓴 카드지만 봉투에서 꺼내 읽는 순간에는 나도 모르게 얼굴에 따뜻한 웃음이 떠오른다.

'고마워'라는 말은 하는 사람, 듣는 사람 모두를 즐겁게 한다. 고마운 일에 고맙다고 표현하는 게 당연한 일임에도 불구하고 우리는 이 말에 인색하다. 많이 한다고 닳지 않고 들으면 언제든 기분 좋은 이 말에 왜 우리는 인색한 걸까?

예전에 EBS에서 방영했던 동서양의 문화 차이에 관한 다큐멘터리를 보면서 동서양 사람들의 내면 깊숙한 곳의 사고 구조가 저렇게 다르구나, 새삼 깨닫고 놀란 적이 있었다. 감정이나 의견을 전부 밖으로 표현하지 않고 내면에 담아두는 게 우리에게는 미덕이고 겸손이다. 그 가치는 사회적으로 모두에게 인정받는 잣대이고 우리는 그렇게 교육 받아 왔다. 반면에 서양인들은 논쟁을 일으키더라도 본인의 의사를 100퍼센트 표현하도록 어렸을 적부터 교육 받는다고 한다. 이러한 교육 덕분에 서양인들은 토론 문화에 자연스럽게 익숙해진다. 미국에서 두 시간 남짓한 디자인 관련 강연이나 세미나에 가면 강연자가 이야기하는 시간은 1시간, 나머지 1시간은 여기저기에서 손을 번쩍번쩍 드는 사람들의 질문에 답하는 시간이 된다. 가끔씩 저걸 질문이라고 하나 싶을 정도로 황당한 질문도 자신 있게 하는 걸 보면 남의 시선을 의식하는 나로서는 그저 신기하기만 하다. 한국에서 주로 갔던 디자인 강연에서는 강연자가 긴 시간의 강연을 마친 후 마지막에 "질문 있나요?"라고 물으면 청중 대부분은 고개를 숙이거나 주변을 돌아볼 뿐 잠잠했고, 강연자는 침묵을 견디다 못해 "질문이 없으면 이제 그만 마치겠습니다"라는 마지막 인사를 남긴 채 강연이 끝났던 경우가 대부분이었는데 말이다.

미국에 와서 내가 가장 마음에 들었던 것은 사람들이 친근하게 고맙다는 표현을 많이 하는 것이었다. 인사성이 바른 편에 속하는 내가 자주 고맙다고 말할 때 한국에서는 무안하게 반응하는 사람들도 많았다. 오히려 기분 좋게 감사 표현을 한 내 자신이 원망스러워질 만큼 '뭐가 고맙다는 거야'라는 듯한 뚱한 반응과 의심 가득한 시선이 돌아왔기 때문이다. 감정을 표현하는 데 있어서 자유롭고 적극적인 이들의 성향 때문인지 미국에서는 감사 카드를 흔히 볼 수 있다. 카드를 파는 가게에 가 보면 생일 카드만큼이나 다양한 감사 카드 콜렉션이 따로 있을 정도이다. 지인에게 선물을 보내거나 저녁 식사에 친구들을 초대하면 며칠 뒤에는 감사 카드가 도착한다. 거창한 문장으로 긴 편지를 쓴 것도 아니고, 그저 간단하게 고맙다는 말 한 마디를 쓴 감사 카드지만 봉투에서 꺼내 읽는 순간에는 나도 모르게 얼굴에 따뜻한 웃음이 떠오른다.

사소한 일에 세심하게 마음을 표현하는 건 관계를 더 특별하게 만들기도 한다. 지금 살고 있는 집에 이사 온 후 윗집에 사는 커플에게 크고 작은 도움을 많이 받았다. 고마운 마음에 내가 쓴 책 한 권과 갓 구운 초콜릿 케이크 한 조각을 잘라서 올라갔다. 그 커플은 고마워 하며, 주말에 농장으로 여행을 다녀오며 가져왔다고 잘 익은 사과를 한 봉지 가득 담아주었다. 고마운 마음을 담은 선물을 하고 되려 고마운 마음이 담긴 사과를 받아온 것이다. 아무튼 그렇게 좋은 기분으로 며칠이 지난 후 복도 계단 위에는 윗집 커플이 남겨둔 장문의 감사 카드가 놓여 있었다. 이미 사과로 충분히 고마움을 표

현했는데 감사 카드까지 챙기는 게 신기할 정도였지만 어쨌든 마음
이 담긴 카드를 받는 기분은 꽤 괜찮다.

미국에서 얻은 첫 직장의 첫 상사는 내가 은밀하게 '땡큐 킹'이라
고 부를 정도로 고맙다는 말을 자주 한다. 새로운 디자인 시안을 보
여주기만 해도 웃으며 "땡큐 베리 머치", 이런 저런 일이 진행 중이
라는 보고를 해도 웃으며 "땡큐"라고 했다. 내가 해야 할 일을 하는
것뿐인데 무슨 이야기만 하면 웃으며 고맙다는 말로 문장을 끝내는
직장 상사와 함께 일하는 것은 굉장히 기분 좋은 일이다. 또 회사 내
부에서 직원들끼리 주고받는 이메일의 마지막은 무조건 'Thanks' 로
끝난다. 입사할 때 받은 직원 지침서에 쓰여 있는 조항 중에 직원들
끼리 이메일을 주고받을 때 시작과 끝에 서로에 대한 감사와 예의를
표현하라는 조항이 있어서 참 세세한 부분까지 신경을 쓰는구나 생
각했는데, 회사 사람들에게 받은 모든 이메일 끝에는 정말로 모두
'Thanks'가 적혀 있었다. 'Thanks'라는 단어에는 신기할 정도로 긍
정적인 기운이 있다.

망설이지 말고 고맙다는 표현을 해보자. 장담하는데 '고맙습니
다', 이 말은 어떤 상황에서든 듣고 나면 기분이 좋아진다.

마이클의
감사카드

나는 바쁜 남편이 좋다. 넋 놓고 빈둥대는 것보다 휴일이라도 자기 발전에 시간을 투자하며 분주하게 지내는 남편이 좋다. 아마 평생 바쁜 일상을 즐기는 부지런한 아빠를 보고 자라며 자연스럽게 생긴 남성관인지도 모르겠다. 우연인지 필연인지 마이클은 언제나 바쁜 건축가에, 본인이 하는 일을 취미만큼 사랑한다. 그런 마이클과 함께하는 시간은 항상 나에게 자극이 된다. 둘 다 지겹지 않은 직업을 가진 것에 감사하며 우리는 집으로 이어지는 이 시간을 나누는 걸 즐긴다.

서로의 작업에 대해 이야기하고 도와주다 보면, 각자의 연관된 일을 나눌 수 있어서 좋지만 한편으로는 회사 일이 집으로 이어져 일과 일상생활의 경계가 무너지기도 한다. 서로 바쁜 시기가 겹치면 괜찮지만, 한 쪽만 바쁠 때는 상대방에게 미안해질 수밖에 없다. 바쁜 쪽은 바빠서 미안하고, 안 바쁜 쪽은 바쁜 사람 옆에서 여유롭게 있으니 또 미안해지고……

연애하면서부터 지금까지 마이클에게 받은 많고 많은 카드 중에 가장 고맙고 뭉클한 것은 종종 받는 감사카드다. 마이클이 말 그대로 눈코 뜰 새 없이 바쁜 기간이 있었다. 여러 프로젝트의 데드라인이 한꺼번에 몰린 일도 있었고, 하필 그 와중에 회사 일 외에 친구 일까지 도와주고 있었기 때문에 매일 2~3시간밖에 못 자고 일하는 생활을 거의 한 달이나 하게 되었다. 잠도 제대로 못 자고 다니는 걸 보니 그 모습이 안쓰럽기만 하고 걱정이 되어 집에 오면 무조건 맛있는 음식 많이 먹이고 마음 편하게 해주기 위해 노력했다. 생각해야 할 일들로 이미 머릿속이 가득할 테니 내 공간은 다른 것들을 위해 당분간 비워주려고 했던 것이다.

그렇게 바쁘게 지내던 중, 어느 날 퇴근하고 돌아와 보니 테이블 위에 마이클이 남겨놓고 간 카드가 놓여 있었다. 최근 너무 바빠 함께 시간을 보내지 못해서 미안하다고, 그런 자신을 이해해주고 사랑해주어 고맙다는 내용이었다. 마이클이 잠 못 자고 바쁘게 보내는 동안 나는 내가 대단한 도움이 되지 못해 미안한 마음이었는데, 이 감사카드를 받고 나니 더 미안한 마음이 들었다. 하지만 미안한 마음보다는 바쁜 와중에 본인의 마음을 담아 카드를 써준 데 대한 고마운 마음이 더 컸다. 카드 한 장으로 예기치 않게 느끼는 꽉찬 행복감. 데이트하기 시작하면서 지금까지 마이클에게서 많고 많은 카드를 받아봤지만, 이 카드는 다른 어떤 것보다 기억에 오래 남았다. 말로 표현하기 힘든 마음의 깊이는 카드에 적힌 단어 하나하나로 더 깊숙하게 느낄 수 있는 것 같다.

고요하고 푸른 내음

나무가 우거진 울창한 숲 속에 서 있으면 바람결을 따라 나뭇잎들이 속삭이는 소리가 듣기 좋다. 가만히 듣고만 있어도 마음이 편안해지는 그 소리가 아마 내가 숲을 예찬하는 가장 큰 이유일지도 모르겠다.

나는 바닷가보다 울창한 숲이 좋다. 남들이 바닷가로 여름 휴가를 떠나는 한여름에도 나는 울창한 숲을 꿈꾼다. 넓게 펼쳐진 파란 바다보다는 위아래로 푸른 나무가 쭉쭉 뻗어 있는 산이 좋다. 시각적으로 세로형 인간에 가깝다고 해야 하나?

어렸을 적 일요일마다 아빠가 산에 데려갔을 때는 다리 아프고 어지럽다며 온갖 투정을 다 부렸다. 그때는 등산이라는 단어에서 느껴지는 압박감이 싫었다. 아빠에게 "왜 산을 꼭 올라야 해?"라고 묻기도 전에 인상부터 찌푸리고 등산을 거부하곤 했다. 그땐 아빠가 '산'이라는 단어만 꺼내도 지루했다. 아마 아빠는 지금도 내가 산을 싫어한다고 생각하실지도 모르겠다. 사실 여전히 높은 산을 오르는 것에는 취미가 없지만 고요한 산속을 걷는 기분은 참 좋다. 이 기분을 어렸을 적에도 느꼈더라면 딸과 함께 등산하고 싶어하던 아빠를 기쁘게 해드릴 수 있었을 텐데.

지금은 남편이 된 내 남자친구를 처음으로 아빠에게 소개하던 날, 우리는 함께 산에 갔다. 산에 가는 것을 특별한 이벤트로 생각하는 마이클과 평생 등산을 즐겨 오신 우리 아빠, 이 두 남자의 어색한 첫 만남에 딱딱한 식사 자리보다는 함께 산에 오르는 게 좋은 추억이 될 것 같았다. 이 색다른 제안은 아빠의 것이었다. 두 남자는 북한산 초입에서 만나 약간 어색한 분위기로 포옹을 한 후 함께 산에 오르기 시작했다. 등산할 때마다 '자발적 체력 저하'인 나 때문에 이날도 정상까지 갈 수는 없었지만 땀을 흘리며 중턱까지 오르는 동안 아빠의 어색한 영어와 마이클의 슬로 버전 영어 대화에 어느새 친근한 기운이 감돌기 시작했다. 산 덕분에 내 두 남자의 첫 대면은 굉장히 성공적이었다.

광화문에서 잠깐 지내는 동안 주말에 시간 날 때마다 인왕산에 드나들었다. 결혼식 날 테이블 위를 장식하려고 마이클은 등산 가방을 메고 나는 커다란 비닐 봉지를 손에 들고 산을 샅샅이 뒤져 알맞게 벌어진 솔방울을 주워 온 것은 즐거운 추억거리로 남았다. 최상의 피부를 유지해야 하는 신부의 의무는 아랑곳하지 않고 뜨거운 봄 햇살 아래 산을 누볐다.

3년 전 가을, 펜실베이니아 주의 산에서는 내 인생 최고의 절경을 보았다. 프린스 갈리친 주립공원 내의 산 꼭대기로 올라가는 도로를 따라 차를 타고 가면서 본 거대하고 아름다운 절경은 아름답다는 말조차 꺼내기 힘들 정도였다. 노랗고 빨갛게 변한 나뭇잎들은 산 전체를 눈부시게 물들였고 몽글몽글 피어오르는 색 연기처럼 보일 정도로 살아 있는 듯했다. 약간은 쌀쌀했던 가을 공기를 느끼며 내려다본, 말로 설명하기 미안할 정도로 굉장했던 그 절경을 평생 기억하고 싶다.

숲에 대한 따뜻한 추억들이 차곡차곡 쌓여, 어느새 나의 숲 사랑은 마음속 깊이 자리 잡게 되었다. 나무가 울창한 숲 속에 서 있으면 바람결을 따라 나뭇잎들이 속삭이는 소리가 좋다. 가만히 듣고 있으면 마음이 편해지는 그 소리가 내가 숲을 예찬하는 가장 큰 이유일지도 모르겠다. 사시사철 다른 초록빛을 가진 숲이 좋다.

브루클린의 주거 지역에는 나무가 많아 충분히 푸르름을 즐기고

있지만 도시에 살면서 숲을 항상 곁에 두기는 어렵다. 그래서 마음 먹고 산을 찾거나 나무가 우거진 공원에서 숲이 주는 여유를 대신하고 있다. 자주 보지 못하면 그리움이 더 커지기 마련이다. 숲에 대한 그리움은 하루하루 커져 가 마음이 복잡하거나 숲이 그리울 때는 공원 벤치에 앉아 조용히 눈을 감고 숲을 상상한다.

얼마 전 미국의 유명한 건축가 필립 존슨의 글래스 하우스를 보러 코네티컷 주로 주말 여행을 다녀왔다. 존슨은 넓디 넓은 대지에 사면이 유리로 되어 있는 집을 지어 본인이 직접 그곳에서 살았는데, 사방이 계획 조경으로 둘러싸여 있어 그곳을 돌아보는 동안 마치 꿈속의 집을 구경한 것 같았다. 낮게 자리 잡은 글래스 하우스를 둘러싼 잔디와 우거진 나무들은 눈부시게 푸르고 고요했다. 두 시간이 넘는 투어 동안 사방에서 나는 풀 냄새가 얼마나 좋던지⋯⋯ 자연을 감상하기에 이보다 더 좋을 수는 없을 투명한 그 집에서 매일 아침 나뭇잎 소리를 듣고 푸른 향기를 맡으며 눈을 떴을 존슨의 삶이 부러워 질투가 날 정도였다.

숲의 고요함과 풀 내음이 그리울 때 탈출구를 찾아 가끔 눈을 푸른빛으로 정화해주는 것은 삶의 큰 활력이 된다. 글래스 하우스에서 돌아온 후 한 주 동안 내 코끝에는 계속 풀 내음이 감돌고 있었다.

마법에 걸린 12월

12월에는 그 어느 때보다 착한 마음 지수가 상승해 지하철역 입구에서 매번 만나는 늙은 홈리스 아저씨에게도 넉넉하게 인심을 쓰게 되고, 길거리에서 누군가가 확 밀치며 지나가도 씩 웃으며 용서할 수 있는 마법 같은 해피 에너지가 생긴다.

12월은 1년의 마지막을 알리는 12라는 숫자만으로도 설렘을 주는 것 같다. 첫눈이 내리기 시작하면서 그 설렘은 커지고, 집 안 전체에 즐거운 기운을 가득 채워 크리스마스 데코레이션을 하고, 마음을 다해 신년 카드 한 장 한 장에 받는 사람을 향한 바람을 적어 보내고, 축제 분위기가 물씬 나는 알록달록한 포장지로 예쁘게 선물을 포장한다. 소소한 사건들과 작은 정성이 모여 준비하는 사람이나 받는 사람 모두에게 기억할 만한 순간들을 만든다. 웃음이 빵 터지는 극적인 일들은 아니지만 몇 년이 지나서 기억하더라도 입가에 미소가 떠오를 의미 있는 기억들. 관계에 따뜻한 빨간색 조명이 켜지는 달이 12월이다. 과연 1년 중에 몇 번이나 특별한 이유 없이 이런 설레는 분위기를 느낄 수 있을까?

사랑을 고백하기에도, 서먹해진 누군가에게 사과의 인사를 전하기에도, 12월이라는 든든한 조력자는 왠지 굉장한 용기를 주는 것 같다. 또 12월에는 그 어느 때보다 착한 마음 지수가 상승해 지하철역 입구에서 매번 만나는 늙은 홈리스 아저씨에게도 넉넉하게 인심을 쓰게 되고, 길거리에서 누군가가 확 밀치며 지나가도 씩 웃으며 용서할 수 있는 마법 같은 해피 에너지가 생긴다.

크리스마스에서 새해까지 끊임없이 이어지는 축제를 위해 단단히 준비해야 하는 달인 12월은 한 달 동안 마법에 걸린 기분으로 마시멜로 가득 띄운 핫초코나 알록달록한 아이싱을 소복하게 올린 크리스마스 분위기 물씬 풍기는 손바닥만 한 쿠키를 마음껏 먹어도 될 것만 같다. 12월 31일을 지나 새해를 알리는 종소리와 함께 마법에서 풀려나 일상 생활로 돌아가면 그만이니까.

나에게 12월은 모두가 손꼽아 기다리는 긴 여름 휴가보다 소중한, 1년 중에서 가장 기다리게 되는 겨울방학이다. 가을에 낙엽이 떨어지고, 기다려 온 첫눈이라도 내리면 기분은 슬슬 고조되기 시작한다. 사랑하는 사람들과 맛있는 음식을 나누며 크리스마스를 보내고, 한 해의 마지막 날 보송보송한 양말을 신고 갓 우려낸 따뜻한 차 한 잔을 들고 창밖에 소복하게 쌓여 있는 눈을 보며 차분하게 한 해를 되돌아본다. 지난해 12월 31일에 새해를 기다리며 적어본 새해 맞이 리스트를 다시 펼쳐보며 1년 동안 이룬 일과 이루지 못한 일을 정리해본다. 그리고 곧 다가올 새해에 이루고 싶은 일들을 구체적으로 적어본다. 이루지 못할 것만 같은 일이라도 꿈꾸는 자에게 기회는 찾아온다지 않는가. 어떤 항목은 매해마다 리스트에 올라 있을 수도 있고 어떤 항목은 새롭게 덧붙여지기도 했을 거다. 열두 달에 한 번씩 해는 바뀌지만 인생은 같은 곳을 향해 같은 속도로 진행 중일 테니 말이다.

알 수 없는 새로운 사건들이 가득할 새해를 기다리며 5, 4, 3, 2, 1, 해피 뉴 이어!

남들보다 한 달 먼저
새해를 맞는다는 것

나는 2010년부터 11월 달에 새로운 다이어리를 쓰기 시작했다. 특별한 의도가 있었던 것은 아니었고, 지난 프로젝트를 마치고 새로운 프로젝트를 시작하는 상황이었는데 상쾌한 마음으로 시작할 수 있는 어떤 물리적인 변화가 필요했다.

새 다이어리를 쓰는 것은 언제나 나에게 '새로운 시작'을 의미하기에 서점에 슬슬 나오기 시작했던 다음 해의 다이어리를 눈여겨보다가 마음에 드는 것을 집어 들었다. 다음 해 날짜에 맞게 다이어리에 이미 표기되어 있는 요일을 일일이 고쳐가며 써야 하는 불편함은 있지만 남들 몰래 다음 해를 두 달 먼저 시작하는 듯한 기분은 꽤 짜릿했다. 시간을 통째로 번 듯한 느낌이랄까? 12월이 한 해의 마지막이라는 생각에 아쉽다면, 한 달이나 두 달 먼저 다음 해의 다이어리를 쓰기 시작해 조금 더 빨리 새로운 해를 시작해보는 건 어떨까?

죽기 전에 할 일들

침대에 누워 죽기 전에 함께 소소하게 하고픈 일들을 떠올려 봤다. 당장 다가올 1년 안에 하고 싶은 일들도, 인생의 템포가 조금은 느려질 30년 뒤에 하고 싶은 일들도.

I'M HAPPY WHEN I'M WITH YOU

죽음이라는 단어는 나이가 들어도 여전히 내가 사는 세상이 아닌 '다른 세상의 공중에 떠다니는 아주 먼 남의 일' 같기만 하다. 죽음 가까이 갔던 경험을 한 것도 아니지만, 막연하게 죽음을 상상하면 눈물이 핑 돈다. 삶과 죽음은 동전의 양면과 같은 것, 때가 되면 누구나 죽는 건데 두려울 필요 없잖아, 성숙하게 담담하게 받아들일 나이도 됐잖아, 이렇게 혼자 되뇌어 보지만 여전히 죽음은 내가 사랑하는 사람들에게, 그리고 내게는 일어나지 않았으면 하고 바라게 되는 일이다. 죽음만 생각하면 슬퍼지기에 아직은 인생의 한 부분이라고 담담히 받아들이기 어렵다.

죽음을 곁에서 가까이 느낀 것은 나를 정말 특별하게 대해주셨던 친할아버지께서 돌아가셨던 날이었다. 한기가 느껴지던 새벽녘, 전화벨 소리와 함께 들렸던 아빠의 놀란 목소리. 졸린 기운이 가득한 채로 느꼈던 가슴 철렁하는 두려움과 슬픔이 떠다니던 차가운 공기. 무슨 영문인지도 모른 채 다섯 살 어린 동생과 함께 넓은 침대에 누워 어리둥절하고 있었던 그 새벽의 기억. 장남인 아빠의 장녀인 나를 정말 아껴주셨던 할아버지께서 돌아가셨다는 부정하고 싶은 사실을 곧바로 받아들이지 못해 슬픔은 한참 뒤에 찾아왔다. 할아버지 입관식을 지켜보며 느꼈던 그 비현실적인 기분이란…… 그때 전부 토해내지 못했던 슬픔은 가끔씩 할아버지의 모습과 오버랩 되며 찾아와 죽음의 의미를 상기시켜 준다.

결혼식을 몇 달 앞두고 한참 붕붕 떠다니는 듯한 설레는 기분을 간직하고 있을 때, 친구가 추천해줬던 『상실』이라는 책을 읽기 시작했다. 우연이었는지 평소 책 읽기 전에 꼭 확인하는 리뷰도 읽어보지 않고 제목에 마음이 끌려 읽기 시작했던 이 책은 행복함에 날아갈 듯한 그때의 기분으로 소화시킬 수 있는 책이 아니었다. 스무 장남짓 읽으며 지금 읽을 수 없다는 것을 깨닫고 책을 덮어 버렸다. 그렇게 시간이 지난 후 작년 겨울 책장 한 구석에 꽂혀 있던 이 책을 꺼내 다시 읽기 시작했다. 예기치 않은 순간, 1년에서 가장 떠들썩하고 즐거울 12월 30일, 갑작스럽게 남편을 보내고 난 후 작가는 힘들게 현실을 받아들이고 그를 기억하며 '마법 같은' 1년을 덤덤한 어조로 이야기한다. 하지만 그 상황을 상상하며 한 장 한 장 읽는 내 마음은 쉽지가 않았다. 과연 저런 일이 실제로 일어날 수가 있을까 싶은 드라마틱한 스토리지만, 반대로 누구에게나 일어날 수 있는 일이다. 무거운 마음으로 책을 읽으며 지금 내 삶이 눈물 날 정도로 꽉 차게 행복해서 이 행복이 예기치 못한 방식으로 깨질까 두렵다는 어리석은 생각을 했다.

마이클은 나보다 6년 10개월 먼저 태어났다. 나는 그의 나이와 경험에서 배어 나오는 삶을 대하는 여유와 현명함을 사랑한다. 일곱 살의 나이 차이가 나에게는 평소에는 잊어버리고 지낼 만큼 의미 없는 사실인데, 이것이 마이클에게는 우리의 미래를 생각할 때 현실적인 숫자로 의식이 되나 보다. "남녀의 수명에 차이가 있는데, 내가 너보다 한참 나이가 많으니 내가 먼저 죽으면 이렇게 이렇게 해"라는, 생각만 해도 슬픈 가정을 늘어놓을 때마다 나는 자동으로 귀를 닫아버린다.

몇 달 전, 회사 월급에서 매달 자동으로 제해지는 노후연금을 관리하는 회사에서 보낸 책자를 받았다. 그 내용은 노후를 위해 매달 내는 연금의 비율을 늘릴 수 있다는 것이었다. 미래도 미래지만, 지금 현재가 더 중요하다는 분명한 가치관을 가진 나에게 노후연금 비율을 높이는 건 크게 고려할 만한 내용이 아니었다. 나와는 상관없는 내용이라고 책자를 재활용 상자에 던져 놓았더니 마이클이 그걸 주섬주섬 꺼내 읽는 게 아닌가. 그러더니 하는 말이, 자기가 먼저 죽으면 내가 혼자 인생을 즐겨야 할 테니 돈이 더 필요할 거라며 내 노후연금 비율을 늘리자는 것이었다. 그 이야기가 내 마음을 후벼 파는 것 같았다. 나는 어느새 눈물이 그렁그렁해져, 그런 생각하기 전에 건강하게 함께 오래 살 궁리를 해야 한다고 투정 아닌 투정을 부렸다.

안정된 착지를 확신할 수 없는 상태에서 개구리 점프하듯 마이클 한 사람을 보고 미국으로 왔다. 물론 그 결정의 밑바닥에는 그에 대한 깊은 신뢰가 있었지만 말이다. 딱히 독립적인 성향을 갖고 태어난 것도 아니고, 독립적인 성격으로 발전될 만한 환경에서 자란 것도 아닌지라 결혼 전에 내 인생의 큰 기둥은 아빠와 엄마였다. 결혼 후에는 마이클이라는 단단하고 넓은 새 기둥이 생겼기에 그가 없는 삶은 부모님이 없는 삶처럼 상상만 해도 가슴 깊은 곳이 욱신거린다. 매일 그를 볼 때마다 함께 의미 있는 기억들을 많이 만들며 행복하게 살자고 다짐하곤 한다. 마음 같아서야 100년이고 200년이고 함께하고 싶지만, 유한한 삶을 함께하는 동안 둘 다 건강하게 살 수 있

다면 더할 나위 없이 좋을 것 같다.

내 상사 매슈는 하루도 거르지 않고 매일 오후 3시에서 4시 사이에 얼굴만큼 커다란 자몽을 한 개씩 먹는다. 점심 식사는 건너 뛰어도 자몽은 절대 빼먹지 않는 그는 '하루 자몽 하나' 생활 습관을 적극적으로 추천한다. 3년 동안 하루도 거르지 않고 자몽을 먹은 덕에 그 흔한 감기 한 번 걸리지 않았다는 것이 추천의 변이다. 언제나 활기차고(그 많은 일을 하며 피곤해 하는 걸 단 한 번도 본 적이 없다!) 같은 사무실 직원들 모두 한꺼번에 감기에 걸렸을 때에도 혼자 쌩쌩했던 그를 옆에서 지켜보며 이건 모두 자몽 덕분일 것이라는 명쾌한 결론을 내렸다. 그리하여 내 올드 가이 마이클의 수명 연장을 위한 '하루 자몽 하나'를 실천하게 되었다. 마이클은 몇 달째 매일매일 하루도 거르지 않고 열심히 자몽을 먹고 있다. 믿거나 말거나지만 그 이후로 마이클은 에너지가 넘친다.

침대에 누워 죽기 전에 함께 소소하게 하고픈 일들을 떠올려 봤다. 당장 다가올 1년 안에 하고 싶은 일들도, 인생의 템포가 조금은 느려질 30년 뒤에 하고 싶은 일들도. 옆에서 마이클은 우리가 지금 함께하는 하루하루가 특별하고 새롭기에 죽기 전에 함께 하고 싶은 일의 목록을 따로 생각할 필요가 없다는 닭살 돋는 어록을 남겼다.

뉴욕 마라톤 완주하기

무라카미 하루키의 수필집을 읽으며 그가 예찬하는 마라톤의 매력이 무엇인지 항상 궁금했는데 뉴욕 마라톤을 코앞에서 지켜보며 그 위대함을 조금이나마 느껴볼 수 있었다. 뉴욕 마라톤은 일반인이 참여하기 때문에 올림픽 마라톤처럼 나와 동떨어진 일로 느껴지지 않는다. 싸늘한 11월 초 아침, 집 앞 마라톤 코스에 나가 몇 시간 동안 소리 지르고 박수 치며 응원하는 동안 가슴이 뭉클해지는 순간들이 여러 번 있었다. 선두주자로 몸이 불편한 사람들이 먼저 달리기 시작하는데, 휠체어를 타거나 목발을 짚고 참여하는 그들의 모습에 사지 멀쩡한 나는 뭘 하고 있는 건가 자책하기도 했다. 국적, 나이를 불문하고 놀랄 만큼 다양한 사람들이 마라톤 완주라는 하나의 목표를 향해 있는 힘을 다해 달리는 걸 보고 있자면 신기하리만치 온몸이 짜릿짜릿해진다. 1년에 하루, 마라톤을 뛰는 주자들을 응원하며 받은 벅찬 기운은 꽤 오래 남았다. 그리고 나는 마음속으로 그들 사이에서 희끗희끗한 머리를 하고는 손 잡고 달리고 있는 우리의 모습을 상상해본다.

일년에 한 장, 우리의 모습을 기록하기

우리는 결혼하면서 매해 한 번씩은 둘의 모습을 남길 수 있는 특별한 사진을 찍기로 했다. 직접 찍는 사진이 아닌 타인이 남겨주는 객관적인 우리의 모습을. 그렇다고 훌륭한 사진작가나 그럴듯한 스타일링이 필요한 건 아니고, 우리가 함께 나이 들어가는 모습을 남기기 위한 테마가 있는 기록이랄까. 연애할 때 찍었던 예전 사진들을 들춰 보면 그렇게 오래전 일이 아닌데도 불구하고 지금과는 다른 느낌을 가진 우리의 모습을 발견하게 되는데 그게 꽤 재미있다. 그렇

게 1년에 한 장씩 특별한 사진을 남겨서 평생 50장을 남길 수 있다면
장수하는 거겠지.

세상에서 가장 맛있는 도넛 레시피를 찾아내 튀겨보기

전혀 건강하지 않은 간식인 튀긴 도넛을 사랑하는 나 때문에 어
느새 도넛을 좋아하지 않았던 마이클도 일주일에 한 번씩은 도넛을
먹게 되었다. 트렌디한 도넛 전문점에서부터 길거리 간식 트럭에서
파는 도넛까지 종류를 막론하고 다양하게 먹어봤지만 뭐니 뭐니 해
도 집 근처에 있는 전형적인 미국식 다이너에서 파는 80센트짜리 큼
지막한 도넛이 최고다. 안타까운 사실은 2년이 넘도록 주말마다 도
넛을 사러 한 번씩은 꼭 들리는 이곳의 도넛 맛이 몇 달 전부터 확연
히 달라졌다는 것. 크기는 더 커졌지만 씁쓸한 뒷맛이 입에 남는다.
그 이후 우리는 우리 입맛에 맞는 도넛을 직접 만들자는 구호 아래
맛있는 도넛 레시피를 찾아내려고 노력 중이지만 아직 갈 길이 먼 듯
하다.

토마토 키우기

토마토는 우리가 집에서 요리하는 많은 음식들 대부분에 빠지지
않는다. 쓱싹 잘라 샐러드에 넣어 먹거나 토마토 소스를 직접 만들
어 갖가지 요리에 쓰거나 바질, 모차렐라 치즈에 곁들여 먹기도 한
다. 그렇다 보니 사계절 토마토를 좋아하는 우리에게 싱싱한 토마토
는 언제나 반가운 존재다. 토마토를 직접 키워 보고픈 나의 소망은

두 번의 체리 토마토 재배의 실패로 좌절 상태에 있다. 나의 사랑 뉴욕 시티, 하지만 무서운 집 값의 뉴욕 시티에서 오랫동안 살 계획인 우리가 넓은 정원이 있는 집에서 살 수 있는 날이 언제가 될지는 모르겠지만 우리 집 정원에 탱탱하고 빨갛게 익은 토마토가 주렁주렁 열려 있는 모습을 상상하면 나도 모르게 입가에 미소가 지어진다.

이렇게 죽기 전에 함께 하고 싶은 여러 가지 일들의 목록을 떠올려 봤지만, 결국 다양한 이벤트를 많이 이루려고 욕심 부리기보다는 그가 말했듯 함께하는 특별하고 새로운 하루하루를 더 아름답게 가꾸며 살자고 약속했다. 그날 밤 침묵이 감도는 고요한 배경 속에 우리가 속삭이는 이야기들은 마치 멋진 음악처럼 느껴졌다.

4장

특별한
하루하루를 만들다

꽃이 피었습니다

생화에서는 느낄 수 없는 색다른 매력을 종이나 뜨개실, 천으로 만드는 핸드메이드 꽃에서 느낄 수 있다. 생화의 활기찬 매력에 대적할 수는 없지만 생화의 특성을 거스르는 영원 불변함이 있다.

생화의 화사함이 좋아 자주 꽃을 사지만 나는 오래 볼 수 있는 식물에 더 마음이 간다. 확 피었다가 시드는 생화 같은 생동감은 없지만 진득하니 자라는 식물은 1년 내내 볼 수 있어 좋다. 행여나 꽃잎이 떨어질까 조심스러운 꽃보다 손끝으로 생명력을 느낄 수 있는 식물의 푸른 잎이 좋다.

이런 내게 종이나 뜨개실, 천으로 만들 수 있는 핸드메이드 꽃은 생화와 다른 매력을 느끼게 한다. 생화의 활기찬 매력에 대적할 수는 없지만 대신 영원 불변함이 있다. 간단한 재료로 직접 꽃을 만들어 창가에 올려두어도 좋고, 선물 포장에 사용하거나 줄을 연결해 냅킨 링으로 써도 맞춤이다.

화사한 봄에 열린 친구의 야외 결혼식에 티슈 꽃을 놓으면 산뜻하고 예쁠 것 같았다. 하객 자리마다 티슈 꽃을 놓는 것이 애초의 계획이었으나 친구 결혼식 한 달 전에 입사하게 되는 바람에 시간적으로 불가능해졌다. 짧은 주말을 이용해 동부 끝에서 서부 끝으로, 결혼식만 겨우 참석할 수 있는 상황이었다. 아쉽지만 티슈 꽃 두세 송이만 정성스럽게 만들어 식장 안, 잘 어울리는 곳에 두기로 했다. 미리 만들면 비행기 안에서 망가질까 걱정되어 결혼식 전날 밤 신부가 보는 앞에서 가위로 오리고 펴 가며 핑크 색과 아이보리 색 티슈 꽃을 만들었다. 정성 들여 만든 티슈 꽃은 결혼식 날 웨딩 케이크 위에서, 신랑 신부의 따뜻한 사진 옆에서 빛을 보았다.

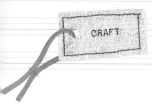

티슈 종이로
꽃 만들기

Photograh by Perles de Vie Photography

포장할 때 주로 사용하는 얇은 티슈 종이를 이용해 간단하게 시들지 않는 꽃을
만들 수 있다. 꽃잎처럼 얇은 티슈 종이는 꽃잎의 느낌을 내기에 제격이다. 기분
에 따라 은은한 색의 종이를 고르거나 강렬한 색을 띠는 종이를 골라 만들어보자.
저렴한 종이 꽃 한 송이로 기분 전환이 된다. 티슈 종이로 만든 종이 꽃은 종이의
특성상 햇빛을 오래 받으면 색이 바래기도 한다. 티슈 종이의 크기는 직사각형 형
태를 유지하되 원하는 크기로 준비하고, 종이의 장 수는 대략 4장에서 8장 사이에
서 변화를 줄 수 있다. 다음 페이지에 소개하는 기본적인 방법으로 크기와 모양을
응용할 수 있다.

직사각형 티슈 종이 8장 · 얇은 꽃 철사 · 가위

1 티슈 종이 8장을 겹쳐 놓고 종이를 뒤집어가며 같은 간격으로 아코디언 접기를 한다.

2 접은 종이 전체를 절반으로 꺾은 후 접힌 부분에 꽃 철사를 한 겹으로 감는다.

3 가위를 이용해 종이의 양 끝 부분을 둥글게 자른다.

4 종이를 한 번에 한 장씩 펼치며 꽃 모양을 잡는다. 이 과정에서 꽃 모양이 결정되기 때문에 원하는 모양을 잡아가며 한 장 한 장 조심스럽게 펼친다.

털실로
꽃 만들기

부슬부슬한 모양이 매력적인 털실 꽃은 원하는 종류의 털실을 골라 다양한 모양과 크기로 만들 수 있다. 꽃을 여러 개 만들어 줄에 연결해 파티나 크리스마스 때 장식으로 쓸 수도 있고, 꽃의 중간 부분에 리본을 연결해 선물을 포장할 때 쓰면 색다르다. 꽃을 만들 때에는 버리게 되는 털실의 양이 많기 때문에 굳이 비싼 털실을 사용할 필요는 없다. 손에 털실을 감았을 때 실이 삐죽 나올 만큼, 가득 차 보일 정도로 털실을 감으면 잘라낸 후에 모양이 풍성하게 나온다.

크리스마스 선물로 단단한 근육을 가진 소 모양을 한 크리머를 친구에게 선물하기로 하고 포장을 하려는데 상자에 넣으려니 평범해 보이고, 상자 없이 포장지로 싸기에는 모양이 불규칙했다. 고민하던 중에 혹시 어떨까 싶어 산뜻한 색의 부슬부슬한 털실 꽃을 만들어 목에 걸어 주었더니 꽤 그럴 듯했다. 크리스마스 날, 가방에서 선물을 꺼내는 순간 깜찍한 털실 꽃 방울을 목에 두른 내 소 두 마리는 의심할 여지 없이 가장 인기 있는 선물이 되었다.

털실 · 작은 가위

1 검지, 중지, 약지에 털실을 느슨하게 감는다. 이때 엄지손가락으로 털실의 시작 부분을 넉넉히 잡는다. 원하는 크기가 될 만큼 돌돌 둘러가며 감는다. 세 손가락에 감을 때는 보통 90번 정도 감으면 좋다. 다 감은 후 털실의 여분을 남겨두고 자른다.
2 조심스럽게 털실 뭉치를 손에서 뺀다.
3 새 털실을 15cm 정도로 잘라 털실 뭉치의 중간에 돌려 감는다.
4 작은 가위를 이용해 털실 뭉치의 양 끝 부분을 돌려가며 자른다. 제멋대로 잘린 털실을 가위로 정리하며 모양을 만든다.

나의 사랑, 레터프레스

도서관이나 중고 서점에서 오래된 책들을 펼쳐볼 때면 나도 모르게 눈을 감고 종이 위에 손가락을 지긋이 대어본다. 종이 표면에 미세하게 울퉁불퉁한 레터프레스의 음각으로 인쇄된 감촉이 느껴지면 그렇게 마음이 편안하고 고요해질 수가 없다.

대학교 내내 동아리 활동을 하며 타이포그래피 공부에 집중했고, 졸업 후에는 책을 디자인하며 인쇄물을 가까이하는 일을 해왔다. 웹디자인처럼 가상의 공간에 디자인을 완성하고 작업이 끝나는 것이 아니라서, 디자인을 마무리한 후 결과물이 어떻게 나오는지는 인쇄와 후가공이 얼마만큼 깔끔하게 마무리되느냐에 따라 결정된다. 그래서 프린트 분야에서 일하는 그래픽디자이너는 인쇄소에서 작업하시는 분들과 팀워크가 잘 맞아야 한다. 멋지게 디자인하고도 흔히 말하는 '인쇄 발'이 잘 나오지 않으면 빛을 못 보니 말이다.

같은 인쇄소에서 인쇄를 하더라도 인쇄하시는 분의 감각이나 그날 인쇄소 상황에 따라 결과물은 천지 차이가 난다. 그래서 색에 민감한 작업을 주로 해왔던 나에게 인쇄소에서 최종 색감을 확인하는 일은 당연히 해야 하는 필수적인 일이었다. 어떤 일이나 마찬가지로 막바지 작업은 항상 시간이 모자라기 마련이라서 며칠 동안 인쇄소로 출근해서 밤을 새어가며 인쇄 상태를 확인한 적도 많았다. 이렇게 그 과정은 고되지만 완성된 책이나 인쇄물을 손에 쥐었을 때 느낄 수 있는 물질성이 참 좋다. 인쇄소에 최종 데이터를 보낸 후 인쇄되어 결과물을 손에 쥐기까지 마음을 졸이는 만큼 종이에 인쇄된 결과물을 만날 때는 짜릿한 성취감마저 느껴진다.

잉크 냄새, 먼지, 답답한 공기, 시끄러운 인쇄기 돌아가는 소음이 가득한 분주한 인쇄소 안이 좋을 리가 없는데도 역시나 익숙함이란 참 무서운 것이다. 언제부터인가 그 공간에 마음을 빼앗겨 버렸다. 그렇게 인쇄에 대한 나의 관심과 애정이 시작되었던 것 같다.

그래서 굳이 가보지 않아도 될 때에도 귀찮다고 투덜대면서도 어느새 발길은 인쇄소로 향하고 있었다. 수고하시는 인쇄소 기장님 옆에서 음료수도 드리고 애교도 떨며 재미있는 인쇄 용어나 인쇄 과정, 인쇄기에 대한 정보와 노하우를 어깨 너머로 주워들었다. 말 그대로 현장에서 직접 보고 듣고 배우는, 돈 주고도 살 수 없는 살아 있는 경험들이었다. 그분들 입장에서는 매 작업마다 옆에 붙어 서서 까다롭게 색이 이렇다 저렇다 이야기하는 나를 전혀 반기지 않으셨을지도 모르겠지만.

인쇄소에서 덩치 큰 인쇄기와 가까워지기 시작하면서 작은 내 인쇄기, 정확히 말하면 작은 크기의 레터프레스를 갖고 싶다는 꿈을 조금씩 키워 갔다. 한국에 있을 때부터 열심히 자료를 찾아봤지만, 우리나라에서 레터프레스를 사기는 하늘의 별 따기보다 힘들었고 레터프레스를 이용해 인쇄하는 인쇄소 또한 찾기 힘들었다. 내가 직접 디자인한 우리의 결혼 청첩장은 꼭 레터프레스로 인쇄하고 싶었는데 현실에 부딪혀 아쉬움에 눈물을 삼켜야 했다.

오랜 시간 간절한 마음으로 기회를 기다려 온 보람이 있었는지 미국에 온 후 이베이에서 내가 원했던 작은 크기의 영국산 빈티지 레터프레스를 발견했다. 한참을 고민한 후에 눈 꼭 감고 주문 완료 버튼을 눌렀다. 며칠을 뜬눈으로 기다린 후에 영국에서 무사히 날아온 큰 상자를 여는 순간의 감격은 도저히 글로 표현할 수 없을 정도였다. 잉크가 묻어 있기도 하고, 도색이 벗겨지기도 한 오래된 레터프레스를 깨끗이 닦고 나사가 연결된 구석구석에 기름칠을 한 후 받

침대까지 따로 제작해 작업대 위에 올렸다. 마치 큰 보물 상자를 모시듯이 말이다. 그리고 그동안 조금씩 모아왔던 메탈 타이프(금속 활자)를 넣고 내 생애 첫 인쇄기를 가동했다.

수동 레터프레스를 구입한 건 오랜 시간 마음에 품어 온 바람이 실현된 것이기도 했고, 현실적으로는 언젠가 내가 디자인한 카드를 직접 인쇄해 팔고 싶다는 장기 계획의 출발점이기도 했다. 수동 레터프레스로 인쇄하는 일은 굉장한 시간과 노력이 필요한 작업이다. 어떤 일이 안 그러겠냐만은, 활자를 조합하고 매번 직접 종이를 넣어가며 압력을 조절해야 하기에 인내심과 꾸준함이 필요한 작업이다. 어떤 물건이든 적응하고 길들여가는 시간이 필요한 것처럼 처음에 레터프레스와 친해지기까지는 시간이 꽤 필요했다. 정작 인쇄하는 시간보다 인쇄를 준비하는 과정이 지나치게 길어져 천성적으로 부족한 인내심이 바닥이 날 정도였다. 하지만 인쇄가 끝나고 건조대에서 줄지어 마르고 있는 결과물을 보면 인쇄기를 집어 던지고 싶었던 순간의 기억들은 물거품처럼 사라진다.

레터프레스로 직접 인쇄를 시작한 이후 도서관이나 중고 서점에서 오래된 책들을 펼쳐볼 때면 나도 모르게 눈을 감고 종이 위에 손가락을 지긋이 대어본다. 종이 표면에 미세하게 울퉁불퉁한 레터프레스의 음각으로 인쇄된 감촉이 느껴지면 그렇게 마음이 편안하고 고요해질 수가 없다. e-book이나 얇고 가벼운 아마존 킨들이 보편화되고 있는 이 시대에서 아날로그가 주는 투박하고 묵직한 질감이 더 특별하게 느껴지고 그리워지는 건 비단 나만이 아닐 것 같다.

손끝으로 느낄 수 있는 감각의 임팩트가 너무나도 강하고, 그 여운은 놀랄 정도로 오래 떠나질 않았다. 어쩌면 그랬기에 긴 시간이 소요되는 노동집약적인 수동 인쇄의 매력에 빠졌는지도 모르겠다. 누군가에게는 고물처럼 보일 인쇄기로 내가 디자인한 작업물을 직접 인쇄하는 것은 작업의 마침표를 찍는 것과도 같아 완성의 의미가 더 크게 느껴진다. 잉크 냄새가 강해 마스크를 끼고 손목이 뻐근할 만큼 레버를 눌러대고 다리가 쑤실 때까지 종일 서서 카드를 인쇄하는 날 밤에는 침대에 눕자마자 곯아떨어진다. 육체 노동 후의 잠자리는 정말 꿀맛처럼 달콤하다. 그리고 노동의 대가는 종이 한 장 한 장에 인쇄된 각기 다른 특별함으로 남는다.

수동 레터프레스로
직접 만들어 선물한 친구의 청첩장

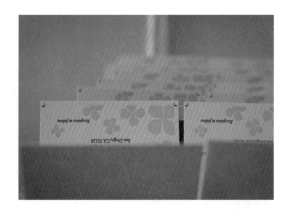

수동 레터프레스의 매력 중의 하나는 각 장의 느낌이 다 다르다는 거다. 장인이 아니고서야, 나 같은 초보는 매 장 찍을 때 힘이나 잉크의 양이 일률적이지 않기 때문이다. 그래서인지 찍고 난 후 쭉 늘어 놓고 보면 한 장 한 장이 특별하고 소중하다.

레터프레스를 손에 넣은 후 의미 있는 작업을 해보고 싶다고 생각하던 차에 친한 친구가 청혼을 받고 결혼 준비를 하기 시작했다. 한국에 있을 때 친한 친구의 결혼식 청첩장을 직접 디자인하고 인쇄소에서 인쇄해 선물했었는데 평생 동안 친구의 기억에 남을 특별한 날 나만이 할 수 있는 선물을 주는 기분이 그렇게 좋을 수가 없었다. 그 당시에도 내 레터프레스가 있었으면 직접 찍고 싶은 마음이 간절했었는데, 레터프레스가 내 손에 들어온 이후 드디어 꿈을 실현할 수 있는 기회가 생긴 것이다.

소규모 결혼식이니 가능한 일이기는 했지만 미국 결혼식 문화에 맞게 초대장, 회신용 카드, 감사 카드를 세트로 만들었다. 친구가 원하는 꽃 패턴을 만들고 어울리는 서체를 골라 직접 디자인하고 판을 제작해 내 레터프레스 위에 올렸다. 두세 가지 잉크를 쓱쓱 섞어 친구의 결혼식 컬러 콘셉트에 맞는 살구색과 남색을 만들었다. 잉크를 잉크 판에 바르고 한 장 한 장 정성 들여 찍고 조심스럽게 종이 건조대에서 말리는 과정은 다른 어떤 작업보다 더 꼼꼼하게 마음이 쓰이는 일이다. 하지만 작업을 하는 내내 이 선물을 받고 큰 웃음을 지을 친구의 얼굴이 떠올라 마치 내가 결혼식을 앞둔 것처럼 설레고 좋았다. 받는 기쁨보다 주는 기쁨이 더 크니까.

레터프레스에 푹 빠져 있을 때 마이클이 준 특별한 선물이 하나 있었는데, 『인쇄의 즐거움(Printing for Pleasure)』이라는 제목을 가진 오래된 책이다. 친구의 청첩장을 직접 찍는 내내 테이블 옆에 세워두었는데, 이 책의 제목이 그렇게 적절할 수가 없었다.

그렇게 온 정성을 담아 카드를 만들고 카드와 어울리는 색깔의 봉투를 골라 정갈하게 싸서 친구에게 보냈다. 그날 세상에 하나밖에 없는 특별한 선물을 보내는 내 기분은 날아갈 것 같았다. 그리고 마음이 담긴 그 카드가 친구의 지인들에게 배달되어 소중한 날을 알리는 역할을 할 것이기에 그 의미는 더 컸다. 몇 주 후, 내가 찍은 친구의 청첩장을 우편으로 다시 받았을 때 내 얼굴에는 큰 미소가 번졌다.

무럭무럭 자라줘

허브를 처음 집에 가져와 내 화분으로 만들 때는 새 식구를 맞는 것처럼 설렌다.
각각의 허브에 어울리는 화분을 골라 비료가 섞인 좋은 흙을 담아 새 둥지를 만
들어준다.

조금 과장된 생각인지도 모르겠지만 대체 누가 이렇게 대단한 생명체를 만들었는지…… 나는 허브를 볼 때마다 속으로 이런 엉뚱한 생각을 한다. 허브 향은 그대로도 매혹적이지만, 요리할 때 허브 잎을 조금만 넣어도 어느새 특별한 음식으로 변신한다. 허브 잎을 손가락 끝으로 지긋이 잡았다가 코에 가까이 대보면 그 향기는 마치 마법에 걸린 듯한 기분이 들게 한다. 그것은 진한 향수가 뿜어내는 한순간의 강력한 향이 아니라 은은하게 퍼지는 특별한 향이다. 화분에 직접 코를 갖다 대는 것보다도 살짝 만진 후 손끝에 남은 향이 더 매혹적이다. 여러 허브 화분을 곁에 둔 것은 식용으로 쓰려는 암묵적인 목적 때문이긴 하지만 꼭 어디에 사용하지 않더라도 허브 자체에서 솔솔 나는 향은 마음을 굉장히 평화롭게 해준다.

나는 대부분 요리할 때 바질이나 타임, 파슬리, 오레가노, 로즈마리를 사용한다. 허브는 소량만 넣어도 향이 강하기 때문에 궁합이 잘 맞는 요리에 넣으면 그 맛은 몇 배 더 특별해진다. 토마토가 들어가는 요리는 어떤 종류든 바질과 잘 어울린다. 그래서 간단히 토마토 소스 파스타를 요리할 때나, 토마토를 큼지막하게 잘라 각종 푸른 잎 야채에 넣어 샐러드를 만들 때에도 바질 잎을 약간 넣으면 풍겨 나오는 바질 향이 음식 맛을 더욱 풍부하게 만든다. 닭다리나 닭 가슴살을 소금, 후추 간만 해서 구울 때는 언제든 타임 줄기를 한 줄기 집어 잎을 주르륵 잡아당겨 닭 위에 뿌려주면 다른 특별한 양념 없이도 맛과 향이 충분하다. 파슬리는 다양한 요리에 다목적으로 쓰이기 때문에 나열하기조차 힘들 정도고, 돼지고기를 요리할 때는 고기 향을 제거하는 로즈마리 잎을 표면에 뿌리면 제격이다.

소량만 사용해도 충분한 허브의 특성상 슈퍼마켓에서 따로 포장해서 파는 허브를 사면 먹는 것보다 버리는 양이 더 많다. 건조해서 가루로 만든 허브 파우더 제품보다는 생 허브가 맛이 좋기 때문에 허브 씨를 화분에 심어 허브를 키우기 시작했다. 여느 식물과 마찬가지로 새싹이 나고 자라기까지는 시간이 꽤 걸리지만 그 과정을 보는 건 행복한 일이다.

허브는 실외보다 온도가 적당한 실내에서 잘 자란다. 물론 햇빛이 잘 비치는 곳에 화분을 두는 것은 필수. 어떤 식물이나 마찬가지겠지만 허브는 유독 햇빛을 사랑한다. 허브를 처음 집에 가져와 내 화분으로 만들 때는 새 식구를 맞는 것처럼 설렌다. 각각의 허브에 어울리는 화분을 골라 비료가 섞인 좋은 흙을 담아 새 둥지를 만들어준다. 어느 정도 허브가 자란 후에는 계절이 바뀔 때마다 화분에서 꺼내 흙을 바꿔주거나 아예 화분을 새것으로 갈아주기도 한다. 내가 계절이 바뀔 때마다 새 옷을 사고 싶은 것처럼 허브도 분위기 전환이 필요할 것 같아서.

건강하게 자란 허브 화분을 곁에 두면 내가 원할 때는 언제든 사용할 수 있어 마음이 든든하다. 쑥쑥 자라는 잎을 감당 못할까 염려하는 건 쓸데없는 일. 워낙 요리할 때 허브를 많이 사용하는 나는 무럭무럭 꾸준히 자라주는 허브가 그저 고맙기만 하다. 지금까지 여러 허브 중에 '자신 있게' 성공적으로 키웠다고 말할 수 있는 건 특히 민트다. 민트는 이상하리만치 실내에서 잘 자라 옆으로 쑥쑥 커

나갔다. 반면에 이미 무성하게 자란 화분을 샀는데도 한 달도 못 가서 고개를 숙여 나를 속상하게 만든 건 타임. 색깔까지 낙엽처럼 변해 보기만 해도 안타까웠을 정도다.

이렇게 내가 애지중지 키우고 있던 허브 화분에 큰 사건이 벌어졌다. 바로 다람쥐들의 대 습격을 받은 것. 겨울 내내 집 안에 두었던 허브 화분을 봄을 맞아 상쾌한 공기를 마시게 해주고 싶어 창문 밖 창틀에 올려 두었다. 그렇게 며칠 동안 지켜보니 허브도 한결 생기가 도는 것 같아 나 또한 기분이 좋았는데 어느 날 창밖을 내다보니 허브가 뿌리를 내린 흙에 파헤친 흔적과 구멍이 있는 것이 아닌가. 처음에는 어찌된 일인지 상황 파악이 되지 않았는데 주말 오전 창문 밖을 보고 있다가 눈에 익은 다람쥐 한 마리가 창틀을 타고 내려와 허브 화분에 담긴 흙을 파헤치고 있는 현장을 목격했다. 그동안 우리 집 창가에 찾아오면 땅콩도 놔주며 예뻐했던 그 다람쥐가 이렇게 배신을 하다니. 잘 키워 온 내 허브 화분을 망쳐 놓았으니 화가 나기도 하면서 다람쥐의 망동에 기가 막혀 헛웃음이 나왔다. 물론 그 이후, 모든 화분들은 다시 집 안으로 들어오게 되었다.

허브 이야기가 나온 김에 바질을 넣어 만드는 홈메이드 바질 페스토 레시피를 소개한다. 시중에 파는 페스토가 비싼 이유는 일단 들어가는 재료 자체가 비싸기 때문이다. 직접 만들면 양도 많고 재료를 원하는 비율로 넣어 입맛에 맞게 만들 수 있어 좋다. 푸드 프로세서만 있으면 만드는 방법도 굉장히 간단하다.

홈메이드 페스토는 잼처럼 빵에 발라 먹어도 맛있고 간편하게 페스토 파스타를 만들어 먹어도 맛있다. 페스토가 파스타에 스며들게 두고 그 다음 날 먹으면 맛이 풍부해지기 때문에 페스토 파스타는 점심 도시락으로도 안성맞춤이다. 대신 하루 전에 만들어 놓을 때는 질감이 변하기 쉬운 면 모양의 스파게티보다는 나비나 소라 모양의 파스타를 사용하는 게 좋다.

홈메이드 바질 갈릭 페스토 만들기

친구가 적어준 페스토 레시피에 내 입맛을 추가해 재료의 양을 조절했다. 이 페스토를 넣은 병은 우리 집 냉장고 안에 사시사철 자리 잡고 있을 정도로 난 페스토를 좋아한다.

생 바질 잎 2 1/2컵 · 마늘 3~4조각 · 잣 1/4컵 · 올리브유 3/4컵 (1/4+1/4+1/4) · 소금 1/2ts
즉석에서 간 후추 1/2ts · 파르메산 치즈 2/3컵

1 파르메산 치즈를 강판에 갈아 준비한다.

2 바질을 깨끗이 씻어 물기를 뺀 후 푸드 프로세서에 넣고 마늘, 잣과 함께 갈아준
다. 너무 잘게 갈지 않도록 주의한다.

3 올리브유가 다른 재료와 잘 섞일 수 있게 1/4컵씩 세 번에 나누어서 넣는다. 1/4
컵을 넣고 푸드 프로세서를 돌린 후 또 1/4을 넣고 돌린다. 마지막으로 올리브유
1/4컵을 넣기 전에 소금, 후추를 넣는다.

4 잘 섞인 페스토를 볼에 옮겨 담고 갈아 놓은 파르메산 치즈를 넣어 잘 섞은 후,
밀폐 용기나 유리병에 담아 보관한다.

크리스마스를 기다리며

나와 마이클은 결혼 전 연애할 때부터 매해 크리스마스에는 함께 데코레이션 아이디어를 내서 준비해 왔다. 클라이언트의 취향을 고려할 필요도 없고, 그 어떤 제한도 없이 우리 마음 가는 대로 할 수 있는 둘만의 프로젝트.

Christmas
time is
FAMILY
time

나의 손길이 가득 담긴 나만의 프로젝트를 기획하기에 크리스마스만큼 좋은 날이 있을까? 나를 위해, 누군가를 위해 무언가를 준비해야만 할 것만 같은 의무감을 즐기기에도 충분한 날.

　나와 마이클은 결혼 전 연애할 때부터 매해 크리스마스에는 함께 데코레이션 아이디어를 내서 준비해 왔다. 클라이언트의 취향을 고려할 필요도 없고, 그 어떤 제한도 없이 우리 마음 가는 대로 할 수 있는 둘만의 프로젝트. 우리의 크리스마스 장식은 매해 테마는 다르지만 기본적으로 추구하는 방향은 같은데 지나치게 장식적이고 직설적인 장식은 피하는 편이다. '적을수록 좋다Less than more'가 모토인, 심플하고 담백한 데코레이션을 좋아하는 우리 둘의 취향이 첫 번째 이유일 테고, 12월 한 달 동안은 어딜 가든 화려한 크리스마스 장식을 지겹게 볼 수 있으니 집 안에서만큼은 눈을 좀 쉬게 해주자는 게 또 하나의 이유. 또 열심히 만든 핸드메이드 소품을 12월 한 달 동안만 걸고 내리기에는 노력이 아까우니, 크리스마스 분위기가 물씬 나는 장식이 아니라 겨울에 어울리는 장식을 하면 크리스마스가 지나고 1~2월에 걸쳐, 겨울 내내 그 분위기를 느낄 수 있으니 일석이조다. 그래도 크리스마스 분위기를 조금 더 내고 싶다면 작은 크리스마스 장식들을 집 전체에 조금씩 분산시켜 두는 방법도 있다. 장식이 잔뜩 달린 크리스마스 트리를 한 구석에 몰아놓기 보다는 집 안 구석구석에 크리스마스를 느낄 수 있을 만한 작은 장식들을 배치하는 것이 우리가 선호하는 방식이다. 1년에 한 개씩, 마음에 쏙 드는 기념이 될 만한 크리스마스 장식 한 개씩을 구입해 모으기로 했지만, 대부분의 장식은 경제적인 핸드메이드 데코레이션을 쓰는 편이 더 좋다. 시간과 노력이 필요하지만, 둘이 머리 맞대고 직접 만든 그해의 크리스마스 장식들은 잊지 못할 추억이 된다.

어떤 해에는 하드보드지부터 펠트지에 이르기까지 다양한 종류의 흰색 종이를 눈송이 모양으로 잘라, 투명한 와이어를 이용해 높은 천장에 달린 기다란 조명에 걸어 겨울 내내 우리 집은 눈이 내리는 듯한 분위기가 났다. 와이어를 갈고리 모양으로 꼬아 길이 조절이 가능하게 달았더니, 기분에 따라 눈송이를 낮게 걸기도 하고 천장에 닿을 만큼 높게 조절할 수도 있었다.

또 다른 해에는 집 앞 공원에 일자로 누워 있던 큰 나뭇가지를 우연히 발견해 아주 조심스럽게 집 안으로 모셔 왔다. 빨래 바구니로 쓰고 있던 나무로 엮어 만든 큰 바구니에 담아 거실 구석에 세워 놓았더니 꽤 그럴싸했다. 12월 한 달 동안은 크리스마스를 기다리며 만들어 놓은 파스텔 톤의 양모 펠트 볼과 가지고 있던 장식들을 나뭇가지에 걸었고, 크리스마스 후에는 장식을 떼고 나뭇가지만 그 자리에 세워두었다. 집 안에 거대한 나뭇가지를 세워두니 자연의 느낌이 그대로 묻어 나와 보고만 있어도 기분이 좋았다.

작년에는 여러 가지 아이디어 중에서 결정을 못 내리고 망설이고 있던 차에 우연히 모마MoMA에서 본 새 전시의 설치 작업이 나에게 영감을 주었다. 사람들이 그리 많지 않았던 이른 오전이었다. 미술관 5층에 있던 전시장 계단을 천천히 올라가니 눈앞에 마치 다른 세계에 들어서는 것만 같은 고요함이 펼쳐졌다. 그 넓은 공간 안에 설

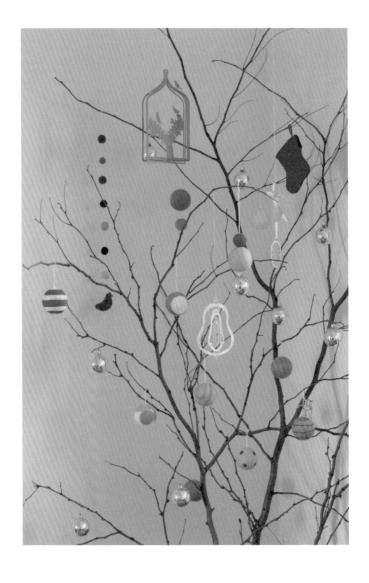

치되어 있던 인도 작가의 설치 작업에서 느껴졌던 리듬감은 그날 나의 하루를 밝혀줄 만큼 큰 감동과 영감을 주었다. 이번 크리스마스 장식은 꼭 이렇게 해보겠다고 마음을 먹고 집에 돌아오는 길에 당장 화방에 들러 재료를 샀다. 그리고 행여나 그 감동을 놓칠까 봐 자기 전에 스케치를 해보았다.

'정재은 화'시켜 우리 집 안에 걸리게 될 완성된 모습을 머릿속에 그려보며 전체적인 계획을 세운 후 시작했으나, 이건 정말이지 생각 이상으로 노동집약적인 작업이었다. 명주실을 얼기설기 거미줄처럼 이어 매듭을 지으며 몸통이 될 전체 형태를 잡고, 왁스(촛농)를 녹여 지어 놓은 매듭 위를 동그랗게 덮는 과정을 거친다. 실과 왁스 볼이 유기적으로 이어져야 균형을 이루며 공간 안에 생기를 불어넣을 수 있다. 중탕으로 녹인 왁스는 금세 굳어버리기 때문에 작업 중에 부엌에 가서 가스 불에 다시 녹이기를 여러 번 했다. 왁스를 녹여 실에 달 때는 왁스 볼의 무게가 실컷 모양을 잡아 이어 놓은 실의 균형을 무너뜨려 다시 손봐야 할 부분이 많아져 예상했던 것보다 작업 시간이 오래 걸렸다. 또한 생각지도 못한 시행착오가 꽤 많이 발생했다. 쭈그리고 앉아서 작업을 하니 허리와 어깨는 벽돌 몇 장 올려둔 것처럼 뻐근해지고, 아침 먹고 앉아서 만들기 시작했는데 어느새 밖은 어둑어둑해지기 시작했다. 에고, 작가가 몇 년 동안이나 연구하면서 만든 작업을 며칠 만에 따라 하려니 당연히 힘들 수밖에 없지. 본래 계획은 네 줄을 완성하는 것이었으나 다른 스케줄에 쫓겨 두 줄만이라도 완성하기로 타협할 수밖에 없었다.

그렇게 시간과 노력을 들여 완성된 장식을 창문이 있는 벽의 두 면에 걸쳐 걸었더니 낮에는 햇빛을 받아 흰 벽에 그림자를 만들고, 밤에는 조명을 받아 오묘한 분위기를 냈다. 물론 크리스마스를 위해 만든 이 작업은 크리스마스가 지나고도 쭉 걸어둘 수 있는 실용적인 장식이 되었다. 암, 이렇게 공들여 만들었는데 더 오래 보고 느껴야지.

지난해 우연히 우리 품에 들어온 나뭇가지를 잊을 수가 없어서 11월부터 눈을 크게 뜨고 동네를 둘러 보았지만, 지난해와 같은 행운은 더 이상 찾아오지 않았다. 동네 여기저기에서 쉽게 살 수 있는 크리스마스 트리보다 벌거숭이 나뭇가지를 세워두고 싶어서 토요일 아침 일찍 첼시 플라워 마켓을 찾았다. 우리나라로 치면 양재동 꽃 시장과 같은 이곳은 오전에만 문을 열기 때문에 이른 시간에 가서 다른 꽃 가게에 비해 싼 가격으로 꽃이나 화분을 구입하기에 좋다. 또한 줄지어 있는 가게를 기웃거리며 싱싱하고 다양한 꽃을 구경하기에도 좋은 곳이다. 추수감사절 전에는 가을 느낌이 가득한 꽃과 가지각색의 호박들이 여기저기에서 유혹의 눈길을 보내더니 어느새 크리스마스를 위한 온갖 나무와 꽃, 장식 들이 가게마다 가득 차 있었다. 여러 가게를 드나들던 중 우리 집과 어울릴 만한 하얀 빛이 도는 버치나무 기둥을 발견했다. 의젓하게 생긴 녀석으로 몇 개를 골라 주인 아저씨에게 지하철로 운반할 수 있을 만한 크기로 잘라달라고 부탁했다. 우리 키보다 훨씬 큰 나무 기둥 묶음을 앞뒤로 들고 끙끙대며 지하철을 타고 데려왔다. 황토빛이 나는 노끈으로 묶어 현관 입구에 세워놓으니 집에 들어서는 순간 눈에 쏙 들어와 보기에 좋았

다. 크리스마스를 기다리며, 가지고 있던 작은 장식들을 걸어보니 축제 분위기가 물씬 나기도 하고.

　이번 해에도 역시 크리스마스를 기다리며 밤 새워 장식을 만들고 직접 무거운 버치나무를 운반하느라 기운을 다 뺐지만, 함께 깔깔 웃으며 크리스마스를 기다리는 과정은 두고두고 기억에 남아 둘만의 따뜻한 이야깃거리가 되어줄 것이다.

빈 벽에 생기를 불어넣다

각기 다른 크기와 느낌의 액자들을 어떻게 배치해서 걸지는 내 마음에 달려 있
다. 액자가 조금이라도 삐뚤어질까 봐, 액자의 여분이 일정하지 않을까 봐 지나
치게 부담스러워할 필요가 전혀 없다.

카드보다는 엽서 사는 걸 좋아해서 한 번에 같은 엽서를 두세 장씩 사서 지인들에게 보내고 남은 엽서는 박스에 모아두곤 한다. 또 미술관에서 맘에 드는 작품이 있으면 그 작품이 인쇄된 엽서는 꼭 구입한다. 오리지널 작품이 아니면 어떤가. 좋아하는 작품을 곁에 두고 보며 즐거우면 될 것을.

디자이너로 일하면서 인쇄소에 인쇄 감리를 수도 없이 나가다 보니 처음에는 적응하기 힘들었던 잉크 냄새와 기계 소리에 익숙해져 어느 순간부터는 인쇄 과정에 애정을 느끼기에 이르렀다. 종이 냄새와 촉감이 마냥 좋고 인쇄 작업이 좋아서 직접 인쇄를 해보겠다는 큰 결정을 내리고 낡고 오래된 영국산 인쇄기를 집에 들이고, 사진 찍는 걸 좋아해 외장 하드 몇 개쯤은 사진만 저장해 놓는 용도로 쓰고 있는 나에게 인화한 사진이나 엽서, 직접 찍은 인쇄물을 액자에 넣어 벽에 걸거나 테이블이나 책장 위에 올려놓는 일은 꽤나 자연스러운 일이다.

하지만 엽서나 사진은 대부분 크기가 작다 보니 새하얀 벽에 덩그러니 작은 액자 하나만 걸어놓으면 그 모습이 영 만족스럽지 않았다. 벽에 활기가 느껴지기는커녕 공간을 분산시켜 더 썰렁하게 보였다.

빈 벽에 생기를 불어넣고 이야깃거리를 만들고 싶어 서랍장 위에 올려 놓았던 액자 중에 서로 어울릴 만한 이미지가 들어 있는 액자 여덟 개를 골랐다. 내가 직접 찍은 사진도 있고, 소장하고 있던 엽서도 있고, 갤러리에서 일할 때 작가에게 선물 받은 판화 작품도 있고, 내 생애 처음으로 구입한 작가의 드로잉도 있었다. 각기 다른 크기와 느낌의 액자들을 어떻게 배치해서 걸지는 내 마음에 달려 있다. 액자가 조금이라도 삐뚤어질까 봐, 액자의 여분이 일정하지 않을까 봐 지나치게 부담스러워할 필요가 전혀 없다. 내가 매일 지나다니며 보게 될 나만의 벽이니까 조금은 관대해져도 될 것 같다.

벽에 걸 액자를 고른 후에는 전체적인 계획을 세우고 이후 작업을 진행해야 일을 수월하게 끝낼 수 있다. 대강 크기를 재고 못을 박았다가는 못을 박고 빼는 과정을 여러 번 반복해야 할 수 있기 때문에 오히려 더 고된 작업이 되고 만다. 또한 액자 배치를 창의적으로 하는 것은 좋지만, 어느 정도는 그리드에 맞춰 걸어야 번잡해 보이지 않는다. 특히 각기 다른 느낌의 액자를 여러 개 걸 때는 변화 속에서도 일관성이 느껴지게 배치해야 전체적으로 균형을 이룬다.

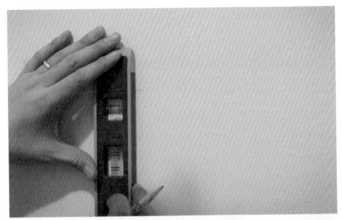

빈 벽을
나만의 아트 월로 만들기

우선 빈 벽의 어느 정도의 공간에 액자들을 배치할지 가늠하고 길이를 잰다. 그림을 그릴 때 어떤 크기의 스케치북에 그릴지 결정하는 과정과 같다.
내 경우에는 컴퓨터를 이용해 전체 레이아웃을 잡은 후에 스케치해 수치를 기입했으나 이 방법이 여의치 않을 경우에는 액자와 같은 크기로 종이를 잘라서 직접 벽에 붙이며 배치해보는 것도 한 방법이다.

1 벽에 배치할 각 액자의 크기를 잰다.
2 길이를 재 놓은 공간 안에 각 액자의 위치를 어떻게 배치할 것인지 스케치하며 전체적인 레이아웃을 잡는다. 각 액자의 크기와 각 액자 사이에 둘 여분 길이까지 표시한다.
3 액자를 벽에 걸 때 못을 박을 위치도 표시한다. 이때 액자 뒤에 못을 연결할 위치가 각각 다를 수 있기 때문에 각 액자 뒷부분을 하나하나 확인하며 길이를 잰다.
4 수치를 기입한 스케치를 보며 벽에 못 박을 자리를 연필로 표시한다.
5 표시한 자리에 못을 박은 후 액자를 한 개씩 걸며 수평자를 이용해 액자의 수평을 맞춘다.
7 벽에 표시해놓은 연필 자국을 지우개로 살살 지운다.

겨울, 참 좋다

언제부터인가 추운 겨울날 커피숍에서 따뜻한 커피 한 잔 사서 호호 불어 마시면
서 걷는 기분이 그렇게 좋을 수가 없다. 심지어 이젠 겨울이 지나 봄이 오기 시작
하면 아쉬울 정도다.

매서운 추위가 공격하는 한겨울에 가슴 쫙 펴고 돌아다니기란 사실 어려운 일이다. 하지만 겨울에만 즐길 수 있는 소소한 즐거움이 있다.

불과 몇 년 전까지만 해도 추위가 두려울 정도로 싫었고, 추위를 많이 타는 타고난 체질 때문에 남들이 멀쩡할 때도 혼자 아랫니 윗니 부딪쳐가며 벌벌 떨던 나였다. 대학교 다닐 때는 실기실에 들어섰을 때 느껴지는 한기가 그렇게도 싫어서 온갖 핑계를 다 대며 따뜻한 강의실에서 들을 수 있는 수업만 골라 들었는데, 잘못된 선택으로 2학기에 공예 수업을 듣게 되는 최악의 상황이 벌어진 적이 있었다. 초겨울에 소매 걷어 붙이고 물레를 돌리며 차디찬 진흙을 만져야 하다니 정말 생각만으로도 끔찍해서 참아낼 자신이 없었다. 나의 근심은 현실이 되어 낙엽이 떨어진 후 날씨가 조금씩 추워지기 시작하면서 남들처럼 조용히 앉아 작업에 집중할 수가 없었다. 그렇게 몇 시간을 실기실에서 추위에 떨다 집에 오는 길, 따뜻한 지하철 안에서는 바로 곯아떨어지기 일쑤. 싸늘한 공기로 가득한 공예실에서 느꼈던 찬 기운은 이상하리만치 오랫동안 감각에 남았다. 조금 과장해서 이야기한다면, 물레를 돌리는 손은 동상에 걸린 것만 같았고 껴입은 옷 사이로 조금씩 새어 들어오는 썰렁한 공기는 뼛속이 시릴 만큼 강렬했다고나 할까?

그런 이유로 겨울을 나는 동안 내 지출의 대부분은 택시비였고 (버스 정류장에서 버스를 기다리는 건 고문이었고, 지하철역까지 걸어가는 것 또한 버거운 일이었다) 생존을 위해 보이지 않게 얇은 내복을 입는 건 필수였다. 추위도 발등이 드러난 하이힐은 포기할 수 없다는 어리석은 집착 때문에 발이 동상 걸릴까 싶어 얇디 얇은 스타킹을 두세 겹씩 신고 다녔다.

미국에 와서는 상대적으로 추위를 덜 타는 미국인들이 신기하면서도, 한편으로는 다들 반팔 티셔츠 하나 걸치고도 덥다고 하는 상황에 혼자 추워서 덜덜 떨고 있는 내 모습이 나약해 보여 그렇게 싫을 수가 없었다. 혹시나 나도 모르게 "여기 쌀쌀한 것 같아"라는 말이 입에서 튀어나오면 다들 이해할 수 없다는 표정으로 나를 외계인 보듯이 쳐다 봐 그렇게 당황스러울 수 없었다. 그래서 뚱뚱해 보이지 않을 정도로 몰래 티셔츠를 두세 겹씩 껴입고 추위도 덜덜 떨지 않고 춥지 않은 척하는 데에 조금씩 익숙해졌다. 막상 집에서는 복실복실 털바지와 수면양말 없이는 살 수 없는 나인데도 말이다.

뽀얗게 내린 눈을 사랑하고 추운 겨울날 따뜻한 실내에서 느낄 수 있는 아늑함을 좋아하면서도 추위에는 약골인지라 겨울에는 항상 춥다는 투정을 입에 달고 살았다. 물론 추위 많이 타는 타고난 체질은 여전히 달라지지 않았지만 나이가 한 살 한 살 많아지면서 추위를 대하는 마음가짐은 많이 달라진 것 같다. 추운 날엔 꼼짝도 하기 싫었던 예전과 달리 이젠 내 몸에 맞게 여러 겹으로 무장하고 힘차게 돌아다닐 수 있는 마음의 여유가 생겼다.

어떤 환경이라도 적응하기 나름이라는 말이 맞는지 바람의 도시로 유명한 시카고의 칼바람을 맞으며 겨울을 보낼 때에는 다행히 문명의 혜택을 받은 다양한 기능성 겨울용품들을 선택적으로 골라 입고 다닐 수 있었다. 덕분에 겨울용품을 투박하지 않게 코디 하는 지혜도 생겼고 말이다. 주위 풍경이 익숙한 서울에서보다 관광객처럼 여기저기 구경하며 걸어 다닐 일이 많아졌기 때문에 단단히 무장하고 추운 공기를 상쾌하게 들이마실 수 있는 여유까지 생겼다. 언제부터인가 추운 겨울날 커피숍에서 따뜻한 커피 한 잔 사서 호호 불어 마시면서 걷는 기분이 그렇게 좋을 수가 없다. 심지어 이젠 겨울이 지나 봄이 오기 시작하면 아쉬울 정도다.

뉴욕에서 처음 맞는 겨울, 'NEW 뉴요커'인 나를 환영이라도 하듯 엄청난 눈 폭탄이 하늘에서 떨어졌다. 다른 주에서 크리스마스를 보내고 돌아온 내 앞에 펼쳐진 건 하얀 눈이 온 세상을 덮은 원더랜드. 서리가 낀 창문 바깥으로 내리는 눈은 보고 있기만 해도 마음이 차분해지고, 햇빛을 받아 쌓인 눈이 녹아 창문에서 떨어지며 내는 소리는 마치 빗소리처럼 듣기 좋다. 이렇듯 겨울에 대한 나의 애정은 해가 갈수록 더욱 커지고 있다.

드림 캐처,
"좋은 꿈꾸세요"

나쁜 꿈을 잡아 준다는 드림 캐처. 놀라울 정도로 현실감 있고 더 놀라울 정도로
자주 꿈을 꾸는, 1년에 손가락 꼽을 정도의 날만 꿈을 꾸지 않는 나에게 드림 캐
처는 꼭 필요한 것 같았다.

대학 시절, 우연찮은 기회에 그랜드캐니언을 여행할 기회가 생겼다. 경비행기로 쭉 돌아보고 들렀던 기념품 가게에서 보게 된 드림 캐처. 토속적인 분위기의 장식품에는 큰 흥미가 없는지라 에스닉한 장식용 벽걸이처럼 생긴 드림 캐처를 슬쩍 들어 보고 제자리에 놔두었다. 이건 뭐지 하는 생각에 달려 있던 태그를 보니 드림 캐처라는 호기심 이는 이름이 적혀 있었다. 어떻게 꿈을 잡는다는 거지?

그렇게 시간이 지나고, 미술관에 입사한 당시 미술관에서 진행되고 있던 주요 전시 중의 하나가 19세기 초반부터 현재에 이르기까지 미국 원주민들의 생활 방식과 도구를 보여주는 전시였다. 세계사 시간을 제외하고는 미국 역사를 접할 기회도 별로 없었을 뿐만 아니라 큰 관심을 두지 않았던 내 눈에 보이는 티피Tipi의 장대한 스케일과 견고함, 놀라울 정도로 꼼꼼하고 세심함이 돋보이는 생활도구와 알록달록한 색깔의 크고 작은 일러스트레이션들은 단번에 내 관심을 끌기에 충분했다. 점심 시간을 틈타 미술관 도서관에서 미국 원주민들의 생활방식과 관련된 책들을 여러 권 빌려 봤는데 오래전 그랜드캐니언 기념품 가게에서 봤던 드림 캐처가 실려 있었다.

드림 캐처는 여러 세대에 걸쳐 미국 원주민들의 문화 중의 하나로 자리 잡아 왔다고 한다. 드림 캐처에 대한 전설은 부족에 따라 다양한 방식으로 전해지고 있어 해석하는 방식이나 형태에 조금씩 차이가 있지만 나쁜 꿈을 잡아준다는 드림 캐처의 의미는 기본적으로 어디나 같다. 전통적으로 드림 캐처의 원형 틀은 버드나무 가지가 밝은 빛깔을 띠는 초봄에 나뭇가지를 주워 원 형태로 구부려 만들었다고 한다. 원주민들에게 원형은 통합과 세력(힘)을 뜻했기 때문에 그들의 다양한 상징은 원의 형태에서 시작되는 것이 많다. 원형의 틀에 얼기설기 얇은 실을 연결하며 감아 마치 거미줄처럼 만들고, 이 거미줄 모양의 망이 끝나는 중간 구멍에 깃털이 대롱대롱 달려 있다.

원주민들은 드림 캐처를 아이들 머리맡에 달아 주었다고 한다. 원주민들에게는 드림 캐처의 문화가 워낙 깊숙하게 자리 잡고 있어서 드림 캐처가 없는 밤은 상상할 수 없을 정도였다고 한다. 깊은 밤 아이들이 꾸는 좋은 꿈은 정중앙에 있는 구멍을 통해 들어와 연결된 깃털에 떨어져 그 아래에서 자고 있는 아이들에게 좋은 기운을 그대로 전달한다. 그리고 나쁜 꿈은 복잡하게 연결된 망에 걸려 있다가 그날 아침 떠오르는 강한 햇빛에 의해 사라진다. 원주민들이 직접 버드나무 가지를 주워 실로 엮고 깃털을 달며 그들의 아이들이 좋은 꿈을 꿀 수 있게 기원했다는 것을 떠올리니 마음이 따뜻해졌다.

원주민들의 문화는 여러 세대에 걸쳐 전해져 왔고 많은 사람들이 여전히 드림 캐처를 만들고 있다. 주술적인 의미를 담아 원주민들이 만들었던 그 모습 그대로 오랫동안 드림 캐처를 만들어 왔다는 한 아이 엄마의 인터뷰를 보니, 태어난 다음 날부터 드림 캐처 아래에서 잠을 자기 시작한 그녀의 아들은 여름 휴가를 갈 때에도 본인의 침대 머리맡에 걸어 놓았던 드림 캐처를 가져갈 정도란다.

나쁜 꿈을 잡아 준다는 드림 캐처. 놀라울 정도로 현실감 있고 더 놀라울 정도로 자주 꿈을 꾸는, 1년에 손가락에 꼽을 정도의 날만 꿈을 꾸지 않는 나에게 드림 캐처는 꼭 필요한 것 같았다. 꿈을 꾸는 걸 불평하는 건 아니지만 꿈속에서 복잡한 스토리가 한바탕 펼쳐진 후 아침에 눈을 뜨면 온몸이 마비된 것처럼 그 기운이 남아 가만히 있을 수가 없다. 주로 자기 전에 책을 읽는데 책을 덮고 난 후 제2막은 내 꿈속에서 펼쳐져 책 속 이야기를 발전시킨다. 내 꿈은 실제 상황처럼 얼마나 생생한지 꿈속에서 자신을 꼬집으며 이게 사실인지 꿈인지 확인한 적도 있다. 악몽을 꾸고 눈을 떴을 때 그게 꿈이라서 얼마나 다행인가 안도의 숨을 내쉬는 건 다반사. 매일 아침 일어나자마자 옆에 누워 있는 마이클에게 주절주절 꿈 이야기를 늘어놓는 것이 내 하루의 시작이기도 하다. 1년에 손가락에 꼽을 정도의 날만 꿈을 꾸는 마이클의 입장에서는 나의 매일매일 펼쳐지는 스펙터클한 꿈 이야기가 신기할 수밖에 없다. 그래서인지 드림 캐처를 만들어서 머리맡에 걸어야겠다고 하니 마이클은 무척 반가워했다.

전통적인 의미는 유지하되 원주민 특유의 색감과 지역색이 강한 부분을 내 취향에 맞게 응용해 내 입맛에 맞는, 내 나쁜 꿈들을 걸러 줄 나만의 드림 캐처를 만들기 시작했다. 창문을 열어놓으니 살살 불어오는 바람에 의해 꼬리처럼 달린 깃털이 살랑살랑 움직인다. 바람을 따라 좋은 꿈들이 들어오는 것 같아 깃털이 움직이는 걸 볼 때마다 기분이 좋다.

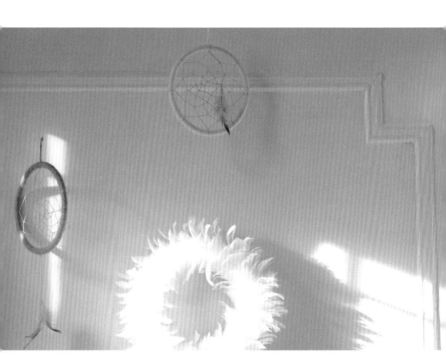

CRAFT

좋은 꿈을 만들어줄
드림 캐쳐

드림 캐처의 뼈대가 되는, 내 마음에 쏙 드는 원형 틀을 구하는 게 쉽지 않았다. 원주민들이 했던 것처럼 아름다운 붉은빛을 띠는 버드나무 가지를 구할 수가 없어 대신 공원에서 주워 온 나뭇가지 여러 개를 묶거나 소품 재료를 파는 가게에서 구한 나무로 된 핸드백 손잡이로 시작했다. 재료를 구하기 어렵다면 일반적으로 구하기 쉬운 수 놓는 원형 틀을 이용하는 것이 좋을 것 같다.

원형 틀(지름이 10센티미터 이상은 되어야 중간 거미줄 모양의 실을 감기가 편하다)
원형 틀을 감을 털실(기호에 따라 너비가 있는 튼튼한 가죽 끈을 이용해도 좋다) · 실 · 깃털

1 원형 틀을 털실로 촘촘히 감는다. 중간 부분에 매듭을 만들어 원형 틀 바깥쪽으로 '걸이'를 만든다.

2 첫 번째 거미줄 간격 잡기: 이 부분과 연결될 수 있게 실로 매듭을 만들고 간격을 두고 시계 방향으로 돌려 감는다. 원형 틀 앞에서 뒤로 감고 앞으로 잡아 빼며 다음 간격으로 넘어가기를 반복한다. 털실 중간중간에 실이 들어가야 실 부분을 탄탄하게 연결할 수 있다. 이때 간격이 같으면 정돈된 거미줄 모양으로 마무리되고 자유롭게 간격을 잡으면 얼기설기 자연스러운 모양으로 마무리된다.

3 두 번째 거미줄 연결하기: 이렇게 기둥이 되는 첫 번째 거미줄의 각 구멍의 중간에 실을 뒤에서 앞으로 넣어 잡아당겨 매듭을 만든다. 이 과정을 반복하여 원형 틀 중간까지 거미줄 모양을 만든다.

4 마무리하기: 마무리하는 곳이 드림 캐처의 중간 구멍이 된다. 원하는 곳에서 깃털을 연결할 실의 길이(어느 정도 늘어뜨릴 것인지는 기호에 따라)를 염두에 두고 매듭을 지은 후 끝부분에 깃털을 연결한다.

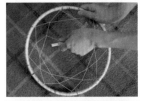
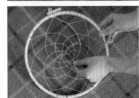

나의 작은 브루클린

사소한 변화로 아름다운 일상을 가꾸는 삶의 지혜

초판 인쇄 2012년 5월 4일
초판 발행 2012년 5월 11일

지은이	정재은
펴낸이	정민영
책임편집	손희경 변혜진
디자인	문성미
마케팅	이숙재
제작처	한영문화사

펴낸곳	(주)아트북스
브랜드	앨리스
출판등록	2011년 5월 18일 제406-2003-057호
주소	413-756 경기도 파주시 문발동 파주출판도시 513-7
대표전화	031-955-8888
문의전화	031-955-7977(편집부) 031-955-3578(마케팅)
팩스	031-955-8855
전자우편	artbooks21@naver.com
트위터	@artbooks21
홈페이지	www.artinlife.co.kr

ISBN 978-89-6196-109-7 03810

이 도서의 국립중앙도서관 출판시도서목록(CIP)은 e-CIP 홈페이지(http://www.nl.go.kr/ecip)와
국가자료공동목록시스템(http://www.nl.go.kr/kornet)에서 이용하실 수 있습니다.
(CIP제어번호 : CIP2012002035)